D0666410

UNE VIE ENTIÈRE

DU MÊME AUTEUR

LE TABAC TRESNIEK
Sabine Wespieser éditeur, 2014

ROBERT SEETHALER

UNE VIE ENTIÈRE

roman traduit de l'allemand (Autriche) par Élisabeth Landes

SABINE WESPIESER ÉDITEUR
13, RUE SÉGUIER, PARIS VI
2015

Titre original : *Ein ganzes Leben*
© Hanser Berlin im Carl Hanser Verlag, München, 2014

© *Sabine Wespieser éditeur, 2015*
pour la traduction française

Par un matin de février de l'année dix-neuf cent trente-trois, Andreas Egger souleva de sa paillasse complètement trempée, à l'odeur un peu rance, le chevrier mourant Jean Kalischka, que les gens de la vallée appelaient Jean des Cornes, et le porta au village sur un sentier de montagne de plus de trois kilomètres, enfoui sous une épaisse couche de neige.

Il était passé à la cabane de Jean des Cornes, mû par un étrange pressentiment, et l'avait trouvé recroquevillé sous un monceau de vieilles peaux de chèvre, derrière le poêle éteint depuis longtemps. Maigre à faire peur et blanc comme un linge, il le fixait du regard dans l'obscurité. Egger comprit que c'était la mort qui se planquait derrière son front. Il le prit dans ses bras comme un enfant et le posa doucement dans la hotte tapissée de mousse sèche où Jean des Cornes avait coltiné, sa vie durant, son bois de chauffage et ses chèvres blessées. Il lui passa une longe autour du corps, l'attacha au châssis et serra les nœuds à faire craquer le bois. Quand il lui demanda s'il avait mal, Jean des Cornes secoua la tête et sa bouche grimaça un sourire, mais Egger savait qu'il mentait.

Les premières semaines de l'année avaient été inhabituellement chaudes. Dans les vallées la neige avait fondu, au village l'eau du dégel glougloutait, clapotait continûment. Mais, depuis quelques jours, il refaisait un froid glacial et la neige tombait dru, moelleuse, omniprésente, avalant le paysage, étouffant tout signe de vie et le moindre bruit. Pendant les premières centaines de mètres, Egger ne parla pas à l'homme qui tremblait sur son dos. Il avait assez à faire avec ce sentier qui descendait à pic devant lui en zigzaguant et qu'il devinait plus qu'il ne le voyait dans cette pluie de flocons. De temps en temps, il sentait remuer Jean des Cornes. « Va pas me claquer dans les doigts », dit-il tout haut, sans attendre de réponse. Mais il était presque venu à bout de la première demi-heure de route, sans rien entendre que son propre halètement, quand la réponse retentit derrière lui : « Claquer serait pas une mauvaise chose. »

« Mais pas sur mon dos ! » dit Egger en s'arrêtant pour réajuster les courroies de cuir sur ses épaules. Il dressa l'oreille un instant dans la neige qui tombait, ouatée. Le calme était absolu. C'était ce silence des montagnes qu'il connaissait si bien et qui emplissait encore son cœur d'angoisse. « Pas sur mon dos », répéta-t-il avant de reprendre sa marche. À chaque lacet, la neige semblait tomber encore plus dru : inlassable, molle, sans un bruit. Derrière, Jean des Cornes bougeait de moins en moins, il finit par ne plus remuer du tout, Andreas Egger redouta le pire.

« T'es mort ou quoi ? demanda-t-il.

– Non, espèce de fichu boiteux ! reprit une voix étonnamment claire.

– C'était juste pour savoir. Faut qu'tu tiennes jusqu'au village. Après, tu feras c'que tu veux.

– Et si je veux pas tenir jusqu'au village ?

– Faut qu'tu tiennes ! » dit Egger. Il trouvait qu'ils avaient assez parlé maintenant et, la demi-heure suivante, ils progressèrent en silence. Presque à trois cents mètres à vol d'oiseau au-dessus du village, à la hauteur de l'arête aux Vautours où les premiers arolles se courbaient sous la neige comme des nains bossus, Egger rata le chemin, trébucha, atterrit sur son fond de culotte et dévala la pente une vingtaine de mètres avant d'être stoppé par un bloc rocheux de taille humaine. À l'ombre du rocher, il n'y avait pas de vent, la neige semblait tomber plus lentement, plus silencieusement.

Egger était sur les fesses, le dos un peu calé contre la hotte. Dans le genou gauche, il ressentait une douleur aiguë, mais c'était supportable, et sa jambe était entière. Jean des Cornes resta un moment sans bouger, puis il se mit à tousser et enfin à parler, d'une voix rauque et si basse qu'il était à peine audible. « Où c'est que tu veux reposer, Andreas Egger ?

– Quoi ?

– Dans quelle terre tu veux qu'on t'ensevelisse ?

– Je sais pas », dit Egger. Il n'avait jamais réfléchi à la question et à vrai dire ne se voyait guère user son temps et ses pensées à ce genre de choses. « La terre, c'est la terre, où qu'on repose, ça revient au même.

– Peut-être que ça revient au même, comme tout revient au même à la fin, entendit-il murmurer Jean des Cornes. Mais il fera un de ces froids. Un froid qui te bouffe les os. Et l'âme.

– L'âme aussi ? demanda Egger, qui en eut soudain des frissons dans le dos.

– Surtout l'âme ! » précisa Jean des Cornes. Il tendait le cou au-dessus de la hotte tant qu'il pouvait maintenant, fixant le mur de brume et de flocons devant lui. « L'âme et les os et l'esprit et tout ce que t'aimais et à quoi t'as cru toute ta vie. Tout ça, le froid éternel te le bouffe. C'est écrit, on me l'a dit. De la mort naît une nouvelle vie, racontent les gens, mais les gens sont plus cons que le plus con de mes boucs. Moi, je te le dis : de la mort, il naît rien du tout ! La mort, c'est la Femme froide.

– La... quoi ?

– La Femme froide, répéta Jean des Cornes. Elle passe sur la montagne et elle se glisse dans la vallée. Elle vient quand elle veut et elle prend ce qu'elle a besoin. Elle a pas de visage et pas de voix. La Femme froide, elle vient, elle prend et elle repart. C'est tout. Au passage, elle t'attrape et elle t'emporte, et elle te jette au fond d'un trou. Et dans le petit bout de ciel que t'aperçois avant qu'elle t'enterre pour toujours, elle t'apparaît une dernière fois et elle te souffle son haleine à la figure. Tout ce qui te reste après, c'est la nuit. Et le froid. »

Egger leva les yeux vers le ciel neigeux, craignant soudain d'y voir apparaître une forme qui lui souffle à la figure. « Doux Jésus, marmonna-t-il avec effort. C'est terrible.

– Oui, c'est terrible », dit Jean des Cornes dont la voix s'enrouait de frayeur. Les deux hommes ne bougeaient plus maintenant. Sur le silence s'était posé le chant ténu du vent qui effleurait l'arête rocheuse en dispersant de minuscules confettis neigeux. Tout à coup, Egger sentit une secousse, la seconde d'après il basculait en arrière et s'étalait dans la neige. Dieu sait comment, Jean des Cornes avait réussi à dénouer ses liens et à s'extraire promptement de la hotte. À présent, il se dressait devant lui, squelettique sous ses haillons, un peu chancelant dans le vent. Egger en eut de nouveau froid dans le dos. « Tu remontes tout de suite, dit-il. Tu vas attraper mal ! »

Jean des Cornes restait figé là, le cou tendu. Un moment, il parut épier l'écho des paroles d'Egger, avalées par la neige. Puis il tourna les talons et commença à escalader la montagne à toutes jambes. Egger se ressaisit, dérapa, retomba sur le dos en jurant, s'arc-bouta des deux mains au sol et se remit sur ses pieds. « Mais reviens ! » cria-t-il au chevrier qui détalait à une vitesse stupéfiante. Jean des Cornes n'entendait plus. Egger fit glisser les courroies de ses épaules, laissa tomber la hotte et courut à sa poursuite. Au bout de quelques mètres, il dut s'arrêter hors d'haleine, la pente à cet endroit était trop raide, à chaque pas il s'enfonçait dans la neige jusqu'aux hanches. Devant lui, la silhouette filiforme rapetissait à vue d'œil et finit par se fondre dans la blancheur opaque des rafales de neige. Egger joignit les mains en entonnoir devant sa bouche et cria à gorge déployée : « Arrête-toi, imbécile ! Tu peux toujours courir pour échapper à la mort ! » Mais en vain. Jean des Cornes avait disparu.

Andreas Egger fit les dernières centaines de mètres qui le séparaient du village et alla requinquer son âme mortellement effrayée à l'auberge du Chamois d'or avec une assiette de beignets au saindoux et une eau-de-vie maison. Il chercha une place tout près du vieux poêle en faïence et, quand il eut posé ses deux mains à plat sur la table, il sentit la chaleur du sang affluer de nouveau dans ses doigts. La petite porte du poêle était ouverte, dedans le feu crépitait. Un bref instant, il crut distinguer dans les flammes le visage du chevrier qui le fixait, impassible. Il referma l'ouverture en vitesse et siffla son schnaps cul sec, les yeux fermés. Quand il les rouvrit, une jeune femme se tenait devant lui. Elle se tenait devant lui, les mains sur les hanches, et le regardait. Ses cheveux étaient courts, d'un blond de lin, sa peau brillait d'un éclat rosé à la chaleur du poêle. Ça lui rappela les minuscules porcelets qu'enfant il prenait dans la paille pour presser sa figure contre leur ventre si doux, embaumant la terre, le lait et le fumier. Il baissa les yeux sur ses propres mains. Elles lui faisaient une drôle d'impression tout à coup, là, comme ça : lourdes, inutiles, bêtes.

« Encore un ? » demanda la jeune femme, et il hocha la tête. Elle apporta un second verre et, quand elle se pencha pour le poser sur la table, elle effleura l'avant-bras d'Egger d'un pli de son corsage. L'effleurement fut à peine perceptible, mais il lui causa une petite douleur aiguë qui, seconde après seconde, semblait s'infiltrer plus profondément dans ses chairs. Il la regarda, et elle sourit.

Toute sa vie, Andreas Egger devait repenser à cet instant, à ce bref sourire, cet après-midi-là, devant le poêle de l'auberge qui crépitait doucement.

Quand il ressortit à l'air libre un peu plus tard, il avait cessé de neiger. Il faisait froid et l'air était clair. Des lambeaux de nuages gravissaient lentement les montagnes, dont les sommets brillaient déjà dans la lumière du soleil. Egger avait dépassé le village et se frayait un passage dans la neige profonde pour rentrer chez lui. Au bord du torrent, des enfants s'ébattaient à quelques mètres en aval d'un vieux ponton de bois. Ils avaient jeté leurs cartables dans la neige et s'amusaient à remonter le lit du ruisseau. Les uns descendaient le cours d'eau gelé sur les fesses, tandis que d'autres, progressant à quatre pattes sur la glace, écoutaient l'eau qui clapotait légèrement dessous. Quand ils aperçurent

Egger, ils se regroupèrent et se mirent à crier : « V'là le boiteux ! V'là le boiteux ! » Leurs voix aiguës résonnaient dans l'air cristallin comme les cris des jeunes aigles royaux qui planaient en altitude sur la vallée, fondaient sur les chamois tombés dans les gorges ou enlevaient les chèvres des pâturages. « Ah, le boiteux ! Ah, le bancroche ! » Egger posa la hotte par terre, brisa un morceau de glace gros comme le poing dans le rebord de la berge, prit son élan et le lança dans leur direction. Il avait visé beaucoup trop haut, le bout de glace vola bien au-dessus de la tête des enfants. Au point culminant de sa trajectoire, il fit mine de rester un moment suspendu en l'air, petit corps céleste étincelant dans la lumière du soleil. Puis il retomba et disparut sans bruit dans l'ombre des sapins recouverts de neige.

*

Trois mois plus tard, assis exactement au même endroit sur une souche d'arbre, Egger observait l'entrée de la vallée obscurcie par un nuage de poussière jaunâtre, dont émergèrent bientôt les deux cent soixante ouvriers, les douze mécaniciens, les quatre ingénieurs, les sept cuisinières italiennes et les quelques hommes de main sans attributions précises, qui composaient l'équipe du chantier Bittermann & Fils et approchaient du village. De loin, cette foule évoquait un immense troupeau de bêtes, et il fallait plisser les yeux très fort pour distinguer çà et là un bras levé ou un piolet posé sur une épaule. Cette équipe constituait l'avant-garde d'une file de carrioles et de camions bourrés de machines, d'outils, de poutrelles de fer et autres matériaux de construction, qui progressait au pas sur la route inégale. C'était la première fois que la sourde pétarade de moteurs diesel retentissait dans la vallée. Les gens du coin se tenaient en silence au bord de la route, jusqu'au moment où le vieux valet de ferme Joseph Malitzer arracha son feutre de sa tête et le lança haut dans les airs en poussant un cri de jubilation. Alors les autres commencèrent à crier à tue-tête, exultant. Cela faisait des semaines qu'on attendait le début du printemps et l'arrivée de l'équipe du chantier. On allait construire un téléphérique. Un téléphérique qui fonctionnerait au courant électrique continu et dont les bennes en bois bleu azur emporteraient les gens le long de la montagne, où ils jouiraient d'une vue panoramique sur toute la vallée. C'était une entreprise formidable. Sur presque deux mille mètres de longueur, des câbles d'acier de vingt-cinq millimètres d'épaisseur entrelacés comme des vipères lors de l'accouplement sillonneraient le ciel. Il faudrait venir à bout d'une dénivellation de mille trois cents mètres, franchir des gorges, dynamiter des surplombs rocheux. Et avec le téléphérique, l'électricité arriverait dans la vallée ! Des câbles vibrants achemineraient le courant électrique ; les routes, les salles et les étables baigneraient, même la nuit, dans une chaude lumière. C'est à toutes ces choses et à bien d'autres encore que pensaient les gens en envoyant leurs chapeaux et leurs cris de joie dans la clarté de l'air. Egger se serait bien mis à l'unisson, mais, pour une raison obscure, il restait assis sur sa souche. Quelque chose lui pesait, qu'il ne pouvait s'expliquer. Cela venait peut-être des moteurs qui pétaradaient, de ce bruit qui emplissait subitement la vallée et dont on ne savait quand il disparaîtrait de nouveau. Ou même s'il disparaîtrait un jour. Il resta assis là encore un moment, mais finalement ce fut plus fort que lui. Il bondit sur ses pieds, dévala la pente, rejoignit les autres au bord de la route et se mit à crier de joie aussi fort qu'il pouvait.

Enfant, Andreas Egger n'avait jamais crié de joie, voire crié tout court. Jusqu'à sa première année d'école, il n'avait même pas vraiment parlé. Il s'était constitué non sans peine un petit pécule de mots qu'il se disait tout haut en de rares moments et assemblait au hasard. Parler voulait dire attirer l'attention, ce qui pour le coup ne présageait rien de bon. Quand, un beau jour de l'été dix-neuf cent deux, on l'avait hissé hors de la voiture qui l'amenait d'une ville située au-delà des montagnes, le petit garçon était resté coi, levant de grands yeux étonnés sur les cimes d'un blanc irisé. Il pouvait avoir environ quatre ans alors, peut-être un peu moins, ou un peu plus. Personne ne le savait exactement, personne n'en avait cure, et c'était bien le cadet des soucis du fermier Hubert Kranzstocker qui réceptionna le petit Egger à contre-cœur et glissa au cocher un misérable pourboire de deux Groschen avec un quignon de pain rassis. Le gamin était l'unique enfant d'une de ses belles-sœurs qui avait mené une vie de patachon et que le Bon Dieu avait châtiée récemment d'une tuberculose et rappelée à lui. Toutefois, l'enfant avait une bourse de cuir avec quelques billets pendue autour du cou. Un argument de poids, qui dissuada Kranzstocker de l'expédier au diable manu militari ou de le coller au curé en le déposant sous le porche de l'église, ce qui revenait quasiment au même d'après lui. Quoi qu'il en fût, Egger était là, maintenant, et regardait les montagnes, ébahi. C'est l'unique image qui lui resta de sa petite enfance, et il la trimbala avec lui toute sa vie. De souvenirs du temps d'avant, il n'en avait point, et quant aux années d'après, ses premières années chez le gros fermier Kranzstocker, elles s'étaient fondues on ne sait quand dans les brumes du passé.

Dans son souvenir suivant, il se voyait vers huit ans, nu et maigre, suspendu à la barre où l'on attachait les bœufs. Ses jambes et sa tête pendouillaient à ras du sol qui puait la pisse de cheval, tandis que son petit derrière blanc se dressait dans l'air hivernal et encaissait les coups qu'assénait Kranzstocker avec une baguette de coudrier. Comme toujours, le fermier avait trempé la tige dans l'eau pour l'assouplir. Elle fendait l'air d'un trait en sifflant, avant d'atterrir sur le derrière d'Egger dans un bruit de soupir. Egger ne criait jamais, cela excitait le fermier qui frappait encore plus dur. Dieu endurcit l'homme fait à son image, pour qu'il règne sur la terre et tout ce qui s'affaire dessus. L'homme accomplit la volonté de Dieu et dit la parole de Dieu. L'homme donne la vie à la force de ses reins et prend la vie à la force de ses bras. L'homme est la chair, il est la terre, il est paysan, et il se nomme Hubert Kranzstocker. Quand il lui plaît, il retourne son champ, charge une truie adulte sur ses épaules, met un enfant au monde ou en suspend un autre sur la barre de l'étable, car il est homme, il est le verbe, il est action.

« Seigneurpardonneznous, disait Kranzstocker en cinglant l'air de sa baguette, Seigneurpardonnez-nous. »

Des raisons de raclées, il n'en manquait pas : du lait renversé, un pain moisi, une vache égarée, la prière du soir bafouillée. Un jour, le fermier tailla trop grossièrement sa baguette ou il oublia de l'assouplir dans l'eau ou il frappa encore plus fort que d'habitude, on ne savait pas exactement, toujours est-il qu'il frappa et que, quelque part dans le petit corps, il y eut un gros craquement et que le gamin cessa de remuer. « Seigneurpardonneznous », dit Kranzstocker en laissant retomber le bras, étonné. On porta le petit Egger à la maison, on l'étendit sur la paille, et la fermière le ranima d'un seau d'eau froide et d'un bol de lait chaud. Quelque chose s'était démis dans sa jambe droite, mais les consultations à l'hôpital coûtaient trop cher, on alla donc au village voisin quérir le rebouteux Aloïs Klammerer. Aloïs Klammerer était un homme affable aux mains rose pâle étrangement petites, dont la force et le pouvoir étaient pourtant réputés jusque chez les bûcherons et les forgerons. Des années auparavant, on l'avait fait mander à la ferme Hirtz où le fils du patron, une brute herculéenne complètement bourrée, avait défoncé le toit du poulailler et se roulait dans les fientes depuis des heures en poussant des cris de douleur inarticulés, mais décourageait à coups de fourche toute tentative d'intervention. Aloïs Klammerer s'était approché de lui le sourire aux lèvres, avait esquivé lestement les pointes de sa fourche, fourré sans désemparer deux doigts dans les narines du gars, et l'avait terrassé d'un geste, pour lui remettre en place, et d'un, les idées, et de deux, ses membres luxés.

Cette fois aussi, le rebouteux Aloïs Klammerer recolla le fémur cassé du petit Egger. Il plaça ensuite sa jambe dans une gouttière improvisée avec de fines lattes de bois, l'enduisit d'une pommade aux herbes et l'enveloppa d'un bandage épais. Egger passa les six semaines suivantes au grenier sur une paillasse, faisant ses besoins couché au-dessus d'une vieille jatte à crème. Des années après, alors qu'il était depuis longtemps un homme fait et assez costaud pour descendre de la montagne un chevrier mourant sur son dos, Andreas Egger repensait encore à ses nuits dans le grenier qui puait les herbes, les chiures de rat et ses propres excréments. Des planches du sol montait la chaleur de la pièce du dessous. Il entendait les enfants du fermier gémir doucement dans leur sommeil, les ronflements tonitruants de Kranzstocker et les sons indéfinissables qu'émettait la fermière. De l'étable lui parvenaient les bruits des bêtes, qui soufflaient, ruminaient, renâclaient, et lorsqu'il ne trouvait pas le sommeil par nuit claire et que la lune venait s'encadrer dans la petite lucarne du toit, il essayait de s'asseoir bien droit sur sa couche pour la voir de plus près. Le clair de lune était amical et doux, quand il regardait ses orteils à la lueur de ses rayons, ils avaient l'air de petits fromages tout ronds.

Lorsque, au bout des six semaines enfin, on rappela le rebouteux pour qu'il ôte le bandage, la cuisse d'Egger était grêle comme un os de poulet. De plus, elle saillait au niveau de la hanche et semblait avoir dévié, s'être un peu tordue. « Ça passera avec le temps, tout passe », déclara Klammerer en plongeant ses mains dans une bassine de lait qu'on venait de traire. Réprimant la douleur, le petit Egger sortit du lit, se traîna hors de la maison et poussa un peu plus loin, jusqu'au grand pré aux poules où fleurissaient déjà les primevères et l'herbe à chamois. Il se dépouilla de sa chemise de nuit et se laissa tomber sur le dos dans l'herbe, bras écartés. Il avait le soleil dans la figure et, pour la première fois depuis qu'il était en âge de se souvenir, il pensa à sa mère, dont l'image s'était vite effacée de son esprit. Comment était-elle ? De quoi avait-elle pu avoir l'air à la fin, couchée comme ça ? Toute petite, maigre et blanche ? Avec une tache de soleil qui tremblait sur le front ?

Egger reprit des forces. Toutefois sa jambe resta tordue, il lui fallut désormais se mouvoir dans la vie en boitant. C'était comme si sa jambe droite avait toujours besoin d'une seconde de plus que le reste de son corps, comme si elle devait, à chaque pas, décider si, tout compte fait, ce corps valait vraiment la peine qu'elle se donne autant de mal.

Des années d'enfance qui suivirent, Andreas Egger garda des bribes de souvenirs épars. Un jour, il avait vu une montagne s'ébranler. Une secousse avait semblé parcourir son versant ombragé, et, avec un gémissement sourd, tout le flanc de la montagne s'était mis à glisser. Les masses de terre emportèrent la chapelle de la forêt, quelques cabanes à foin, et ensevelirent les murs branlants de la ferme Kernsteiner, abandonnée depuis des années. Un veau qu'on avait isolé du troupeau, à cause d'une blessure ouverte à une patte, fut soulevé avec le cerisier auquel il était attaché et resta un instant dans les airs à fixer la vallée avec des yeux ronds, avant d'être balayé et englouti par les éboulis. Egger se souvenait des gens devant leurs maisons, qui observaient bouche bée le sinistre de l'autre côté de la vallée. Les enfants se tenaient par la main, les hommes se taisaient, les femmes pleuraient, et le murmure des vieux récitant leur Notre Père couvrait le tout. On retrouva le veau quelques jours après, à deux ou trois cents mètres en aval, où il gisait baigné par les eaux dans un méandre du ruisseau, toujours attaché au cerisier, le ventre boursouflé, ses pattes raidies pointées vers le ciel.

Egger partageait le grand lit de la chambre à coucher avec les enfants du fermier ; ce qui ne signifiait pas pour autant qu'il fût des leurs. Pendant toutes ses années passées à la ferme, il demeura l'étranger, celui qu'on tolérait, le bâtard d'une belle-sœur châtiée par Dieu, qui devait la clémence du fermier au seul contenu d'un portefeuille de cuir pendu à son cou. En réalité, on ne le considérait pas comme un enfant. Il était une créature vouée à trimer, à prier et à présenter son postérieur à la baguette de coudrier. Seule la vieille mère de la fermière, l'aïeule, lui adressait de temps à autre un regard chaleureux ou une parole amicale. Quelquefois, elle posait sa main sur sa tête en murmurant un bref Dieutegarde. Quand, pendant la fenaison, Egger apprit sa mort subite – elle avait perdu connaissance en faisant le pain et s'était étouffée en s'affaissant la tête dans la pâte –, il laissa tomber sa faux et grimpa sans un mot au-dessus de l'arête des Aigles pour chercher un coin d'ombre où pleurer à son aise.

Trois jours durant, l'aïeule fut exposée dans une petite pièce qui jouxtait les étables. Dans la chambre, on ne voyait goutte, les fenêtres étaient obscurcies et les murs recouverts de tentures noires. Les mains de l'aïeule étaient croisées sur un chapelet de bois, sa figure éclairée par deux bougies vacillantes. Très vite, l'odeur de pourriture se répandit dans toute la maison, dehors l'été était étouffant, la chaleur s'immisçait par tous les interstices dans la chambre mortuaire. Quand le corbillard arriva enfin, tiré par deux énormes Haflinger, les habitants de la ferme se rassemblèrent une dernière fois autour du corps pour prendre congé. Kranzstocker l'aspergea d'eau bénite et ânonna quelques mots en se raclant la gorge : « L'aïeule est partie maintenant. Où, on peut pas savoir, mais c'est sûrement bien comme c'est. Là où meurt ce qu'est vieux, y a d'la place pour ce qu'est nouveau. C'est comme ça, ce sera toujours comme ça. Amen ! » On la hissa sur le corbillard, et le cortège funèbre, augmenté selon l'usage de toute la communauté villageoise, se mit lentement en marche. Quand ils passèrent devant la forge, la porte noire de suie s'ouvrit brusquement et le chien du forgeron s'en échappa. Son pelage était d'un noir de jais, entre ses pattes saillaient ses parties génitales gonflées qui luisaient d'un rouge vif. Il se jeta sur l'attelage avec des aboiements rauques. Le cocher lui cingla le dos d'un coup de fouet, mais le chien semblait insensible à la douleur. Il sauta sur l'un des chevaux et lui planta ses crocs dans le jarret. Le Haflinger se cabra et rua. Son énorme sabot atteignit le chien à la tête, il y eut un bruit de craquement, le chien glapit et tomba au sol comme une pierre. Devant lui, le cheval blessé titubait, menaçant d'entraîner l'attelage dans le fossé des eaux du dégel. Le cocher, qui avait sauté de son siège et attrapé ses bêtes par la bride, réussit à maintenir l'attelage dans le chemin, mais voilà qu'à l'arrière le cercueil avait glissé et s'était placé en travers. Le couvercle, qu'on avait sommairement fermé pendant le transport, pour le clouer définitivement une fois arrivé à la tombe, avait sauté, l'avant-bras de la morte surgit dans la fente. Dans l'obscurité de la chambre mortuaire, sa main avait paru d'une blancheur immaculée, mais là, dans la lumière crue de midi, elle était du même jaune que ces petites pensées des Alpes qui fleurissaient la rive nord du ruisseau et se fanaient dès qu'elles étaient exposées au soleil. Le cheval se cabra une dernière fois avant de s'immobiliser, les flancs frémissants. Egger vit la main de l'aïeule morte se balancer hors du cercueil et, un moment, ce fut comme si elle voulait lui faire un signe d'adieu, un ultime Dieutegarde, destiné à lui seul. Le couvercle fut refermé, le cercueil remis à sa place, et le cortège put poursuivre sa route. Le chien, qui gisait sur le flanc, resta sur la chaussée, où, secoué de crampes, il se tordait sur lui-même et mordait à l'aveuglette à droite et à gauche. Un bout de temps encore, on entendit claquer ses mâchoires, jusqu'à ce que le forgeron l'assomme avec une longue barre de fer.

En dix-neuf cent dix, le village fut doté d'une école et, chaque matin, après avoir vaqué à l'étable, le petit Egger se retrouva avec les autres enfants dans une salle de classe empestant le goudron frais, pour apprendre à lire, à écrire et à compter. Il apprenait lentement, comme s'il avait à vaincre une secrète résistance intérieure, mais, avec le temps, un certain sens finit par se dégager du chaos des points et des traits marqués au tableau, puis un jour il parvint à lire aussi les livres sans images, ce qui lui donna une petite idée, mais aussi quelque appréhension, des mondes situés au-delà de la vallée.

Après la mort des deux derniers-nés Kranzstocker, qui furent emportés par la diphtérie pendant une longue nuit d'hiver, le travail à la ferme avec ces deux bras en moins devint encore plus pénible. D'un autre côté, Egger avait plus de place dans le lit, maintenant, et il n'avait plus à disputer le moindre croûton de pain aux frères et sœurs d'adoption qui lui restaient. De toute façon, Egger n'en venait plus guère aux mains avec les autres enfants, tout bonnement parce qu'il était trop fort. On aurait dit que, depuis l'affaire de la jambe brisée, la nature essayait de lui revaloir quelque chose. À treize ans, il avait des muscles de jeune homme, et à quatorze, il parvint à hisser par la lucarne du grenier à blé un sac de soixante kilos. Il était fort mais lent. Il pensait lentement, il parlait lentement, il marchait lentement, mais chacune de ses pensées, chacun de ses mots, chacun de ses pas laissait une trace, et la laissait exactement là où Egger pensait qu'elle devait être. Le lendemain de son dix-huitième anniversaire – faute d'obtenir davantage de précisions sur sa naissance, le maire s'était contenté de fixer une date au hasard dans l'été, à savoir le quinze août dix-huit cent quatre-vingt-dix-huit, et avait fait établir le document correspondant –, Egger eut le malheur de laisser échapper au dîner un pot de grès avec la poutille, lequel tomba par terre et se brisa avec un bruit mat. Le potage dans lequel on venait de tremper le pain émietté se répandit sur le plancher, et Kranzstocker, qui avait déjà joint les mains pour le bénédicité, se leva lentement. « Va m'chercher la tige de coudrier et mets-la dans l'eau ! dit-il. On s'retrouve dans une demi-heure ! »

Egger ôta la baguette de son crochet, la plongea dans l'abreuvoir des bêtes au-dehors et attendit assis sur la barre aux bœufs en balançant les jambes. Une demi-heure plus tard, le fermier fit son apparition. « Passe le coudrier ! » dit-il.

Egger sauta de la barre et prit la tige dans la cuve. Kranzstocker la fit siffler dans l'air. Elle pliait souplement dans la main, étirant à sa suite un voile de gouttelettes légèrement scintillant.

« Baisse tes pantalons ! » commanda le fermier. Egger croisa les mains sur sa poitrine et secoua la tête.

« Voyez-vous ça, le bâtard qui veut tenir tête au patron ! dit Kranzstocker.

– Tout ce que je veux, c'est la paix, rien d'autre », dit Egger. Le fermier avança le menton. Entre les poils de sa barbe, des restes de lait séché étaient restés collés. Sur son cou battait une longue veine galbée. Il avança d'un pas et leva le bras.

« Si tu me frappes, je te tue ! » dit Egger, et le fermier se figea en plein geste.

Quand ultérieurement, au cours de sa vie, Egger repensait à cet instant, il lui semblait qu'ils s'étaient fait face ainsi toute la soirée : lui, les bras croisés sur sa poitrine, le fermier, la baguette de coudrier dans son poing levé, tous deux silencieux, une haine froide dans le regard. En réalité, la scène avait duré quelques secondes au plus. Une goutte d'eau coula lentement le long de la tige, s'en détacha en tremblant et tomba par terre. De l'étable leur parvenait le bruit assourdi des vaches qui ruminaient. Dans la maison, un enfant éclata de rire, puis ce fut de nouveau le silence à la ferme.

Kranzstocker laissa retomber son bras. « Fiche-moi le camp maintenant », dit-il d'une voix blanche, et Egger s'en alla.

*

Andreas Egger était peut-être infirme, mais il était fort. Il ne ménageait pas sa peine, ne demandait pas cher, parlait peu et supportait la canicule aux champs comme le froid mordant des forêts l'hiver. Il acceptait tous les travaux et s'en acquittait consciencieusement sans rechigner. Il savait manier la faux et la fourche ; il retournait l'herbe coupée, chargeait le fumier sur les charrettes, ramassait les caillasses et les bottes de foin dans les prés. Il trimait courbé sur son champ comme un insecte et grimpait dans les rochers à la poursuite des bêtes égarées. Il savait dans quel sens couper tel ou tel bois, comment insérer le coin, aiguiser la scie et affûter la hache. Il n'allait guère au café et ne se permettait qu'un repas arrosé d'une bière ou d'un schnaps. Il passait peu de nuits dans un lit, dormant généralement dans le foin, les greniers, les remises ou les étables, à côté des bêtes. Parfois, dans la tiédeur d'une nuit d'été, il étendait une couverture au petit bonheur dans un pré fauché de frais, se couchait sur le dos et contemplait le ciel étoilé. Alors il pensait à l'avenir, qui s'étendait à l'infini devant lui, justement parce qu'il n'en attendait rien. Et quand il restait couché là assez longtemps, il avait parfois l'impression que la terre sous son dos se soulevait et s'abaissait tout doucement, et, à ces moments-là, il savait que les montagnes respiraient.

À vingt-neuf ans, Egger avait mis assez d'argent de côté pour affermer un petit terrain avec sa cabane à foin. L'endroit était situé juste sous la limite de la forêt, environ à cinq cents mètres au-dessus du village à vol d'oiseau, et il n'était accessible que par une petite sente qui menait en haut de l'alpage. Il ne valait pas lourd, escarpé, aride, jonché d'innombrables caillasses, et à peine plus grand que le pré aux poules qui se trouvait derrière la ferme Kranzstocker. Mais une petite source d'eau claire et glacée jaillissait de la roche tout près de là, et, le matin, le soleil se montrait sur la crête de la montagne une demi-heure plus tôt qu'au village, réchauffant la terre sous les pieds d'Egger, gourds du froid de la nuit. Il abattit quelques arbres dans la forêt voisine, les tailla sur place et tira ces poutres jusqu'à sa cabane, afin d'en étayer les murs qui penchaient sous le vent. Pour les fondations, il creusa une tranchée qu'il combla avec les pierres de sa terre, dont la quantité semblait inépuisable et qui paraissaient repousser chaque nuit dans le sol poussiéreux. Il ramassait les pierres et, pour tromper son ennui, il leur donnait des noms. Quand il n'eut plus de noms, il leur donna des mots. Et quand, un beau jour, il réalisa qu'il y avait plus de pierres sur sa terre qu'il ne connaissait de mots, eh bien il reprit du début. Il n'avait besoin ni de bêtes ni de charrue. Mais s'il était trop petit pour une exploitation, son lopin était assez grand pour un minuscule potager. Et quand il eut fini, il entoura son nouveau chez-soi d'une clôture basse et fabriqua une petite porte à claire-voie, dans l'unique but, en fait, de pouvoir la tenir, un jour, à un éventuel visiteur de passage.

En fin de compte, ce fut une période heureuse, Egger était content, et, quant à lui, tout aurait pu continuer ainsi. Mais il advint cette histoire avec Jean des Cornes. Bien que, en vertu de sa conception de la faute et de la justice, il ne fût pour rien dans la disparition du chevrier, Egger n'avait parlé à personne de ce qui s'était passé ce jour-là sous la neige qui tombait à gros flocons. Pour tout le monde, Jean des Cornes était mort, et même si on n'avait pas retrouvé son cadavre,

Egger n'en doutait pas une minute non plus. Pourtant, l'image de la maigre silhouette qui se fondait lentement dans la brume devant lui continuait à le hanter.

Mais une autre chose avait laissé en lui une marque indélébile depuis ce jour-là : une douleur qui, au contact d'une étoffe à peine effleurée, avait irradié dans la chair de son avant-bras, de ses épaules, de sa poitrine, et fini par se fixer quelque part au niveau du cœur. C'était une douleur ténue, et pourtant elle était plus profonde que toutes les douleurs qu'Egger avait connues dans sa vie, sans excepter les coups de la baguette de coudrier de Kranzstocker.

Elle s'appelait Marie, Egger trouvait que c'était le plus beau nom du monde. Quelques mois auparavant, elle était arrivée un jour dans la vallée pour chercher du travail, avec des souliers éculés et de la poussière plein les cheveux. Ça tombait bien, l'aubergiste venait d'expédier sa servante au diable pour cause de grossesse intempestive. « Montre voir tes mains ! » dit-il à Marie. Il examina les callosités de ses doigts avec un hochement de tête satisfait et lui proposa la place vacante. Le jour même, elle servait les clients et faisait les lits des quelques chambres qu'on avait aménagées pour les saisonniers. Dès lors, elle s'occupa des poules, aida au jardin, à la cuisine, à tuer les bêtes et à vider le cabinet d'aisances pour les clients. Elle ne se plaignait jamais et n'était ni coquette ni chipoteuse. « T'avise pas d'y toucher ! dit l'aubergiste à Egger en lui enfonçant dans les côtes un index encore tout luisant du saindoux qu'il venait de faire fondre. La Marie, c'est une fille pour le travail, c'est pas une fille pour l'amour, compris ?

– Compris », dit Egger en éprouvant une fois de plus cette douleur ténue dans la région du cœur. On ne ment pas devant Dieu, se dit-il, mais devant le cafetier...

Il la guetta le dimanche après l'église. Elle portait une robe blanche et un petit chapeau blanc. Ce petit chapeau était vraiment joli, mais Egger se demanda s'il n'était pas un peu petit. Il lui faisait penser à ces bulbes bruns qui émergeaient du sol par endroits dans la forêt et sur lesquels fleurissait parfois miraculeusement un lys blanc isolé. Mais peut-être le petit chapeau était-il aussi juste comme il fallait. Egger n'en savait rien. Il n'avait aucune idée de ces choses. Son expérience des femmes se bornait aux messes du dimanche, pendant lesquelles il écoutait chanter leurs voix claires, assis dans la dernière travée de la chapelle, presque étourdi par le parfum dominical de leurs cheveux lavés au savon et frottés de lavande.

« Je voudrais... », dit-il d'une voix enrouée, en s'interrompant au milieu de sa phrase, car ce qu'il voulait dire lui était brusquement sorti de l'esprit. Ils restèrent debout un instant à l'ombre de la chapelle, en silence. Elle avait l'air lasse. Comme si son visage portait encore l'empreinte de la pénombre qui régnait à l'intérieur de l'église. À son sourcil gauche était suspendue une minuscule trace jaune de pollen qui tremblotait dans la brise légère. Soudain elle lui sourit. « Il fait un peu frais maintenant tout d'un coup, dit-elle, on pourrait peut-être marcher encore un peu au soleil. »

Ils marchèrent côte à côte dans l'étroit sentier forestier qui passait derrière la chapelle et montait en zigzaguant au mont de l'Arbois. Dans l'herbe murmurait un petit ruisseau et au-dessus d'eux bruissaient les cimes des arbres. Partout dans le sous-bois, on entendait le chant des rouges-gorges, mais, dès que les jeunes gens approchaient, le silence se faisait. Arrivés à une clairière, ils s'arrêtèrent. Un faucon planait, bien au-dessus de leurs têtes, immobile. Soudain il battit des ailes et bascula de côté. Il eut l'air de choir simplement du ciel et disparut de leur champ de vision. Marie cueillit quelques fleurs, et Egger balança une pierre grosse comme la tête dans le sous-bois, juste comme ça, parce qu'il en avait envie et qu'il en avait la force. Sur le chemin du retour, en passant sur un ponton vermoulu, elle lui saisit le bras. Sa main était rêche et chaude comme un morceau de bois exposé au soleil. Egger aurait aimé la poser sur sa joue et rester là comme ça. Au lieu de quoi, il avança d'un grand pas et se hâta de continuer. « Fais bien attention, dit-il sans se retourner, c'est un sol où on se tord facilement les pieds ! »

Ils se retrouvèrent chaque dimanche, puis, parfois, même pendant la semaine. Depuis qu'elle était tombée dans la soue toute petite en grimpant sur un portail aux lattes vermoulues et qu'elle avait été mordue par une truie effrayée, une cicatrice rouge vif en forme de croissant d'à peu près vingt centimètres barrait la nuque de Marie. Ça ne dérangeait pas Egger. Les cicatrices sont comme les années, se disait-il, elles s'accumulent petit à petit, et tout ça finit par faire un être humain. La jambe estropiée d'Egger, elle, ne dérangeait pas Marie. En tout cas, elle n'en disait mot. Elle ne fit jamais allusion à sa boiterie, pas une fois. De toute façon, ces deux-là parlaient peu. Ils marchaient côte à côte en regardant leur ombre devant eux sur le sol, ou ils restaient assis quelque part sur une pierre à contempler la vallée.

Un après-midi de la fin août, il la mena à son lopin de terre. Il se baissa, ouvrit le portillon à claire-voie et s'effaça devant elle. Il lui fallait encore peindre la cabane, expliqua-t-il, parce que le vent et l'humidité attaquaient le bois à une de ces vitesses, on n'avait pas le temps de se retourner, et après ça, fini le confort ! Là-bas, il avait planté un peu de légumes, le céleri, par exemple, ça poussait comme du chiendent ! Parce que le soleil, ici en haut, brillait plus fort qu'en bas dans la vallée. Ça ne faisait pas du bien qu'aux plantes, ça vous réchauffait les os et l'âme. Et il ne fallait pas oublier la vue, bien sûr, dit Egger en esquissant du bras un vaste arc de cercle, on voyait toute la région, et même au-delà, par beau temps. L'intérieur aussi, il allait le peindre, à la chaux, précisa-t-il. Bien sûr, il faudrait la mélanger avec du lait froid pour qu'elle tienne, pas avec de l'eau. Et la cuisine, il faudrait peut-être l'aménager sérieusement, mais n'empêche qu'il y avait déjà le nécessaire, les casseroles, les assiettes, les couverts, ce genre de choses, et quand il aurait le temps, il fourbirait les poêles avec de l'émeri. L'étable, on n'en avait pas besoin, pour les bêtes il n'y avait ni la place ni le temps, d'ailleurs il ne voulait pas faire fermier. Parce que, fermier, ça voulait dire tourner en rond toute sa vie sur son lopin de terre et travailler le sol les yeux baissés. Alors qu'un homme selon lui devait élever son regard, pour voir plus loin que son petit bout de terre, le plus loin possible.

Après coup, Egger ne put se souvenir d'avoir jamais autant parlé qu'alors, pendant cette première visite de

Marie à son terrain. Les mots se bousculaient dans sa bouche, et il les écoutait, surpris, se succéder apparemment tout seuls, pour produire un sens qui s'imposait à lui avec une clarté étonnante dès qu'il les avait prononcés.

Quand ils redescendirent à la vallée par l'étroit sentier en lacets, Egger se tut de nouveau. Il se sentait bizarre, et il avait un peu honte, sans savoir de quoi. Au détour du chemin, ils firent une halte. Ils s'assirent dans l'herbe et s'adossèrent au tronc d'un hêtre roux renversé. Le bois avait emmagasiné la chaleur des derniers jours d'été, il embaumait la résine et la mousse sèche. Autour d'eux, les cimes des montagnes se découpaient dans le ciel clair. Marie trouvait qu'elles ressemblaient à de la porcelaine, et, bien qu'il n'eût jamais vu de porcelaine de sa vie, Egger lui donna raison. Il fallait donc regarder où on mettait les pieds, dit-il, un faux pas, et tout le paysage se fêlerait ou volerait en une foule de petits éclats de paysage. Marie éclata de rire. « C'est marrant comme idée ! dit-elle.

– Oui », dit Egger. Puis il baissa la tête, à court d'inspiration. Il aurait voulu se lever, empoigner un rocher et le balancer dans la nature. Très haut et très loin. Mais soudain il sentit son épaule contre la sienne. Il leva la tête et dit : « Maintenant, j'en peux plus ! »

Il se tourna vers elle, prit son visage dans ses mains et l'embrassa.

« Dis donc, dit-elle, tu as une de ces forces !

– Excuse-moi ! dit-il en retirant ses mains avec effroi.

– C'était bien, pourtant ! dit-elle.

– Même si ça t'a fait mal ?

– Oui, dit-elle, très bien. »

Il reprit de nouveau son visage entre ses mains, mais cette fois aussi délicatement que s'il s'emparait d'un œuf de poule ou d'un poussin juste éclos.

« Comme ça c'est parfait », dit-elle en fermant les yeux.

Il brûlait de lui demander sa main, le jour même autant que possible, au plus tard le lendemain. Mais il ne savait absolument pas comment s'y prendre. Des nuits entières, il resta assis sur ce seuil construit de ses mains, à fixer l'herbe à ses pieds au clair de lune, en ressassant ses propres insuffisances. Il n'était pas fermier et ne voulait pas l'être. Mais il n'était pas non plus artisan, ni forestier, ni berger. À vrai dire, il gagnait sa vie comme une sorte d'homme de main ou de garçon de ferme, se louant en toute saison et à toute occasion. Le genre d'homme qui était à peu près bon à tout sauf à marier. Les femmes attendaient plus d'un promis, c'est du moins ce qu'Egger avait cru comprendre. En ce qui le concernait, il aurait pu passer le restant de ses jours assis au bord d'un sentier, main dans la main avec Marie, adossé à un tronc d'arbre couvert de résine. Mais voilà qu'il n'était plus le seul concerné justement. Il connaissait ses obligations dans ce monde. Il voulait protéger Marie et pourvoir à ses besoins. Un homme devait élever son regard pour voir plus loin que son petit bout de terre, le plus loin possible, lui avait-il dit. Maintenant il fallait le faire.

Egger se rendit au campement de l'entreprise Bittermann & Fils, qui s'était entre-temps étalé sur tout le versant opposé et comptait plus d'occupants que le village lui-même. Il se renseigna, finit par trouver la baraque du fondé de pouvoir chargé de recruter les ouvriers et pénétra dans le bureau avec une timidité inédite, craignant d'abîmer avec ses grosses godasses le tapis qui recouvrait presque tout le sol et feutrait ses pas comme s'il marchait sur de la mousse. Le fondé de pouvoir était un homme corpulent à la calvitie balafrée qu'entourait une couronne de cheveux coupés ras. Il siégeait derrière une table de bois sombre et portait une veste en cuir fourrée de peau de mouton malgré la chaleur de la pièce. Penché sur une pile de dossiers, il ne semblait pas avoir remarqué l'irruption d'Egger dans son bureau. Mais, juste au moment où celui-ci s'apprêtait à attirer son attention par un bruit quelconque, il leva la tête sans prévenir.

« Tu boites, dit-il, un gars qui boite ne nous intéresse pas.

– Y en a pas un qui travaille comme moi dans la région, rétorqua Egger. Je suis fort. Je sais tout faire. Je fais tout.

– Mais tu boites.

– Dans la vallée peut-être, dit Egger. En montagne, je suis le seul qui marche droit. »

Le fondé de pouvoir se rencogna lentement dans son siège. Le silence qui régnait maintenant dans la pièce s'était couché comme un voile noir sur le cœur d'Egger. Il fixa le mur blanc chaulé et, pendant un instant, se demanda ce qu'il avait bien pu venir faire ici. Le fondé de pouvoir soupira. Il leva la main et fit un geste qui semblait vouloir balayer lentement Egger de son champ de vision. Puis il dit : « Bienvenue chez Bittermann & Fils. Pas d'alcool, pas de coucheries, pas de syndicat. Tu commences demain matin. Cinq heures et demie ! »

Egger aidait à abattre les arbres et à ériger tous les cinquante mètres les puissants pylônes d'acier qui s'insinuaient en ligne droite toujours plus haut sur la montagne et dépassaient tous de quelques mètres la chapelle de la paroisse, l'édifice le plus haut du village. Il montait et descendait du fer, du bois et du ciment le long des pentes. Il creusait des tranchées dans le sol de la forêt pour les fondations et, dans les rochers, des trous gros comme le bras, où le maître de tir fourrait ses bâtons de dynamite. Pendant les dynamitages, il attendait à bonne distance avec les autres, assis sur les troncs d'arbres qui jonchaient à droite et à gauche les bords de la large percée. Ils se bouchaient les oreilles et sentaient sous leurs fesses les détonations ébranler la montagne. Comme il connaissait la région mieux que personne, et qu'en outre il n'avait pas du tout le vertige, en général on le faisait passer devant, et il était donc le premier sur les lieux du forage. Il grimpait dans les éboulis, se faufilait entre les rochers et, suspendu aux parois escarpées, assuré par une mince cordelette, fixait les petits nuages de poussière de sa perceuse, juste devant son visage. Egger aimait ce travail dans la roche. Ici en haut, l'air était froid et clair, et il entendait parfois crier l'aigle royal ou voyait son ombre glisser en silence au-dessus de la paroi. Il pensait souvent à Marie. À sa main chaude et rugueuse et à sa cicatrice, dont il redessinait sans cesse la courbe en esprit.

À l'automne, Egger fut pris d'une agitation fébrile. Il ne pouvait plus attendre pour demander la main de Marie, mais il ne savait toujours pas comment s'y prendre. Le soir, il restait assis sur le seuil de sa maison, en proie à des pensées et des rêveries confuses. Évidemment, se disait-il, pas question de faire une banale demande en mariage entre mille. Il lui en fallait une qui soit peu ou prou aux dimensions de son amour, qui reste éternellement gravée dans la mémoire et le cœur de Marie. Il pensait à quelque chose d'écrit, mais il écrivait encore moins qu'il parlait, donc pratiquement jamais. Et est-ce qu'une lettre n'offrait pas des possibilités plutôt limitées ? Comment faire tenir toutes les pensées et l'étendue des sentiments qu'elle lui inspirait sur un malheureux bout de papier ? Il aurait voulu pouvoir écrire son amour sur la montagne en grosses lettres, visibles par tout un chacun dans la vallée. Il parla du problème à son collègue Thomas Mattl, avec qui il extirpait les racines rebelles des bords de la tranchée forestière. Mattl était un bûcheron plein d'expérience et l'un des plus anciens collaborateurs de l'entreprise. Cela faisait près de trente ans qu'il parcourait les montagnes avec diverses équipes pour défricher les forêts et planter dans le sol, au nom du progrès, des structures d'acier et des pylônes de béton. En dépit de l'âge et des douleurs qui lui mordaient les reins comme une meute de chiens féroces, disait-il, Mattl se mouvait avec agilité et d'un pied fort leste dans le sous-bois. Il y avait peut-être bien une possibilité d'écrire quelque chose sur la montagne, déclara-t-il en passant la main sur sa figure barbue : avec l'encre du diable tout simplement, avec le feu. Dans sa jeunesse, il avait passé quelques étés à défricher des coins dans le Nord pour construire des ponts, et il avait assisté à la vieille coutume du « feu du cœur de Jésus », d'après laquelle, dans la nuit du solstice d'été, on allumait d'immenses images de feu qui illuminaient la montagne. Puisqu'on pouvait dessiner avec le feu, dit-il, pourquoi ne pourrait-on pas écrire avec ? Une espèce de demande en mariage à cette Marie, par exemple. Trois ou quatre mots, il n'en faudrait pas plus, bien sûr, plus ce n'était pas faisable. *Veux-tu de moi ?* ou *Viens, mon cœur* – le genre de trucs que les bonnes femmes ont envie d'entendre.

« On pourrait faire comme ça », poursuivit Mattl, perdu dans ses pensées. Puis il passa une main derrière sa tête et en retira une petite tige de bourgeons qui s'était empêtrée dans son col. Il mordit l'un après l'autre dans les petits bourgeons blancs et se mit à les sucer comme des caramels.

« Oui, acquiesça Egger, on pourrait faire comme ça. »

Deux semaines plus tard, le premier dimanche d'octobre en fin d'après-midi, dix-sept hommes choisis parmi les plus fiables de l'équipe d'Egger grimpaient dans les éboulis au-dessus de l'arête aux Aigles, pour disposer, tous les deux mètres environ, le long d'une ligne esquissée par des cordes de chanvre, et en suivant les consignes que Mattl hurlait à pleins poumons, deux cent cinquante petits sacs de lin d'un kilo et demi remplis de sciure et imbibés de pétrole. Egger avait réuni les hommes quelques jours auparavant après le travail dans la tente de la cantine pour leur expliquer son plan et les convaincre d'y participer : « Vous aurez soixante-dix Groschen et un quart de gnôle », promit-il en parcourant des yeux leurs visages crasseux. Il avait économisé l'argent sur son salaire des semaines précédentes et conservait les sous dans une petite boîte à bougies, entreposée dans un trou creusé sous le seuil de sa porte.

« Il nous faut quatre-vingts Groschen et un demi-litre ! » renchérit un mécanicien aux cheveux de jais arrivé depuis quelques semaines de Lombardie, qui, par son impétuosité, avait rapidement pris de l'ascendant sur l'équipe.

« Quatre-vingt-dix Groschen sans la gnôle, répliqua Egger.

– Il nous faut la gnôle.

– Soixante Groschen et un demi-litre.

– Marché conclu ! » cria le type aux cheveux de jais en abattant bruyamment son poing sur la table pour sceller l'affaire.

Thomas Mattl resta la majeure partie du temps assis sur une saillie rocheuse, à contrôler les déplacements des hommes. En aucun cas, la distance entre les petits sacs de sciure ne devait dépasser les deux mètres, pour éviter les béances dans l'inscription. « L'amour doit pas se casser la figure dans les trous de tes lettres, imbécile ! » cria-t-il en balançant un caillou gros comme le poing en direction d'un jeune monteur d'échafaudage qui avait laissé un peu trop d'espace entre ses sacs.

Pile au coucher du soleil, tous les sacs étaient déposés. La nuit tombait sur les montagnes, Mattl descendit de son rocher pour se faufiler jusqu'au premier sac de la première lettre. Il embrassa du regard le versant où les hommes s'étaient répartis à égale distance. Puis il secoua la poussière de son pantalon, extirpa une boîte d'allumettes de sa poche et alluma un bâton emmailloté d'un chiffon de pétrole qui était fiché dans la terre devant lui. Il prit la torche, la brandit au-dessus de sa tête et poussa un cri de triomphe : le plus aigu, le plus vibrant qu'il eût poussé de sa vie.

Presque instantanément, seize torches s'embrasèrent dans la pierraille, et les hommes commencèrent à courir à toute vitesse le long des lignes pour allumer les sacs les uns après les autres. Mattl eut un petit rire. Il pensait à la gnôle à venir avec un chaud sentiment de bien-être, malgré la fraîcheur du souffle nocturne qui descendait lentement sur les montagnes et lui caressait la nuque.

Au même moment, en bas dans la vallée, Andreas Egger passait son bras autour des épaules de Marie. Ils s'étaient donné rendez-vous au coucher du soleil à la souche près du vieux ponton, et, au grand soulagement d'Egger, elle était arrivée à l'heure. Elle portait une robe claire en lin, ses cheveux embaumaient le savon, le foin et, trouvait-il, aussi un peu le rôti de porc. Il avait étendu sa veste sur la souche d'arbre et l'avait invitée à s'asseoir. Il voulait lui montrer quelque chose, quelque chose qu'elle n'oublierait peut-être jamais.

« Quelque chose de beau ? demanda Marie.

– Bien possible », dit-il.

Ils s'assirent côte à côte et regardèrent en silence le soleil disparaître derrière les montagnes. Egger entendait son propre cœur. Un moment, il eut l'impression qu'il ne battait pas dans sa poitrine, mais dans la souche d'arbre sous lui, comme si le bois mort s'éveillait à une vie nouvelle. Puis ils entendirent au loin le cri triomphal de Thomas Mattl, Egger désigna alors l'obscurité. « Regarde », dit-il. Une seconde après, tout en haut du versant opposé, seize lueurs rougeoyaient et s'agitaient telle une escouade de vers luisants dans toutes les directions. En chemin, elles paraissaient perdre des gouttes de braise qui se rejoignaient les unes après les autres pour former des courbes. Egger sentait le corps de Marie contre lui. Il posa son bras sur ses épaules et l'entendit respirer doucement. Là-bas en haut, les lignes de feu mordaient sur la pente en traçant de nouveaux arceaux ou se rejoignaient pour dessiner des formes rondes. Tout à la fin, deux points se mirent à briller en haut à gauche, Egger sut que le vieux Mattl avait crapahuté en personne dans les éboulis pour allumer les deux derniers sacs de pétrole.

POUR TOI, MARIE s'étalait sur la montagne en lettres vacillantes, très grosses et visibles de loin pour tout un chacun dans la vallée. Le « M » était pas mal de travers, et il en manquait un bout, on aurait dit qu'on l'avait déchiré au milieu en lui écartant les jambes. Visiblement, au moins deux sacs ne s'étaient pas allumés ou n'avaient même pas été déposés. Egger prit une profonde inspiration, puis il se tourna vers Marie, dont il s'efforça de distinguer le visage dans l'obscurité. « Veux-tu devenir ma femme ? demanda-t-il.

– Oui, murmura-t-elle si bas qu'il ne fut pas certain d'avoir bien compris.

– Le veux-tu, Marie ? redemanda-t-il.

– Oui, je le veux », dit-elle d'une voix ferme, et il crut qu'il allait basculer en arrière et tomber de sa souche. Mais il resta assis. Ils s'étreignirent et, quand ils se détachèrent l'un de l'autre, les feux dans la montagne s'étaient éteints.

Les nuits d'Egger désormais n'étaient plus solitaires. Dans le lit à côté de lui reposait sa femme qui respirait doucement, il observait parfois son corps se dessiner sous la couverture, un corps qu'il connaissait de mieux en mieux au fil des semaines, mais qui lui apparaissait tout de même encore comme une incompréhensible merveille. Il avait maintenant officiellement trente-cinq ans et il connaissait ses obligations. Il protégerait Marie et il pourvoirait à ses besoins, c'est ce qu'il lui avait dit, maintenant il fallait le faire. C'est pourquoi il se retrouva un lundi matin derechef dans la baraque du fondé de pouvoir, posté devant son bureau. « Je voudrais davantage de travail », dit-il en tournant son bonnet de laine entre ses mains. Le fondé de pouvoir leva la tête et le regarda d'un air maussade : « Personne ne veut davantage de travail !

– Moi si. Parce que je vais fonder une famille.

– Donc tu voudrais davantage d'argent, pas davantage de travail.

– Si vous le voyez comme ça, vous avez sûrement raison.

– C'est bien comme ça que je le vois. Combien gagnes-tu en ce moment ?

– Soixante Groschen de l'heure. »

Le fondé de pouvoir se rencogna dans son siège et regarda par la vitre, où derrière la couche de poussière s'esquissaient les pointes blanches du crêt du Coq. Il passa lentement la main sur sa calvitie. Puis il émit une sorte de renâclement sourd et regarda Egger dans les yeux : « Je t'en donne quatre-vingts, mais je veux que tu te casses le cul pour les mériter tous autant qu'ils sont. Le feras-tu ? »

Egger acquiesça, et le fondé de pouvoir soupira. Ensuite il dit quelque chose qu'Egger ne comprit pas à ce moment-là, mais qui resta gravé toute sa vie dans son esprit : « On peut acheter ses heures à un homme, on peut lui piquer ses journées ou lui voler toute sa vie. Mais personne ne peut prendre à un homme ne serait-ce qu'un seul de ses instants. C'est ainsi, et maintenant laisse-moi tranquille ! »

*

Les équipes de l'entreprise Bittermann & Fils avaient progressé bien au-dessus de la limite de la forêt, entre-temps, et laissé dans les bois une cicatrice de près d'un kilomètre et demi, qui atteignait les trente mètres de largeur à certains endroits. Il ne restait que quatre cents mètres environ jusqu'à la future station d'arrivée, située immédiatement sous le sommet de la Grande Rocheuse, mais le terrain à pic était impraticable, et le dernier tronçon devait enjamber une paroi quasiment verticale, couronnée d'un ressaut que les locaux, en raison de sa forme, appelaient le Crâne-du-Géant. Pendant des jours, Egger resta suspendu sous le menton du Crâne-du-Géant à percer des trous dans le granit, où il vissait des ancrages grands comme le bras, voués à supporter une longue échelle métallique à l'usage des techniciens d'entretien. Il pensait avec une secrète fierté à ces hommes qui grimperaient un beau jour sur cette échelle, sans se douter qu'ils lui devaient la vie, à lui et à son savoir-faire. Pendant ses brefs instants de répit, il s'asseyait sur une saillie rocheuse et regardait la vallée. Depuis quelques semaines, on aplanissait et on asphaltait la vieille route, et il pouvait distinguer dans la brume vaporeuse les vagues formes humaines qui travaillaient – apparemment sans bruit, vu la distance – le goudron chaud au piolet et à la pelle.

L'hiver venu, Egger fut l'un des rares salariés de l'entreprise à figurer encore sur les listes du personnel. En compagnie d'une poignée d'autres, dont Thomas Mattl qui par sa longue expérience de la forêt s'était avéré extrêmement utile, il poursuivait les travaux d'élargissement de la tranchée et continuait à la débarrasser des pierres, du bois mort et des racines. Souvent, ils extirpaient une racine du sol gelé à coups de hache, enfoncés dans la neige jusqu'aux hanches, tandis que le vent leur soufflait à la figure des flocons gelés, cinglants comme des plombs, qui leur écorchaient la peau. Pendant le travail, ils ne disaient que le strict nécessaire et, dans les pauses de midi, ils restaient assis en silence sous un sapin couvert de neige, en tendant leur morceau de pain au feu. Ils se frayaient l'un après l'autre en rampant un passage dans le sous-bois ou s'asseyaient à l'abri du vent derrière un rocher pendant les tempêtes, soufflant dans leurs mains gercées par le froid. Ils étaient comme des bêtes, se disait Egger, rampant à même le sol, faisant leurs besoins derrière le premier arbre venu, et ils étaient si sales qu'on les différenciait à peine de la nature environnante. Souvent aussi il pensait à Marie, qui l'attendait à la maison. Il n'était plus seul et, bien qu'il fût encore inhabituel, ce sentiment le réchauffait plus sûrement que la braise du feu dans laquelle il fourrait ses bottes gelées, dures comme du fer.

Au printemps, quand la fonte des neiges eut commencé et que cela se mit à goutter et glouglouter mystérieusement partout dans la forêt, un accident se produisit dans l'équipe d'Egger. Alors qu'il s'affairait à un arolle renversé par les masses de neige, la tension du bois se déchargea dans un bruit d'explosion, un éclat de taille humaine se détacha du tronc tel un ressort et vint sectionner le bras droit d'un jeune bûcheron nommé Gustl Grollerer, qui l'avait malencontreusement levé pour attaquer le prochain coup de hache. Grollerer tomba, les yeux rivés à son bras qui gisait deux mètres plus loin sur le sol de la forêt et dont les doigts serraient encore le manche de la hache. Un silence insolite recouvrit la scène un instant, on aurait dit que la forêt tout entière s'était figée, le souffle coupé. Thomas Mattl fut le premier à sortir de cette torpeur. « Jésus, dit-il, ça m'a l'air très vilain. » Il prit dans la caisse à outils une boucle en fil de fer qui servait à racler les écorces et la serra de toutes ses forces autour du moignon de Grollerer dont le sang noir jaillissait en cascade. Grollerer hurla, se tordit dans tous les sens, puis resta étendu là sans connaissance.

« Ça y est presque, dit Mattl en emmaillotant la plaie avec son bandeau. On ne se vide pas de son sang si vite que ça ! » Un des hommes proposa de couper des branches pour confectionner une civière. Un autre qui avait entrepris de frotter le moignon avec une poignée d'herbes fut rapidement écarté. On décida finalement que le mieux était de transporter le blessé tel quel, en bas au village, de l'attacher sur la plate-forme d'un diesel et de le conduire à l'hôpital. Le mécanicien lombard souleva Grollerer et le chargea sur ses épaules comme un sac. Il s'ensuivit une brève discussion sur ce qu'on devait faire du bras. Il fallait l'emballer et l'emporter, suggérèrent les uns, peut-être que les docteurs pourraient le recoudre. Le plus sorcier des docteurs n'avait encore jamais recousu un bras entier, objectèrent les autres, et même s'il y réussissait par miracle, le bras ne ferait que pendouiller, inerte, hideux, le long de son corps, et lui causerait des embêtements pour le restant de ses jours. La discussion fut finalement close par Grollerer en personne, qui reprit connaissance et releva la tête sur le dos du mécanicien : « Enterrez mon bras dans la forêt. Peut-être que ça fera pousser un groseillier ! »

Alors que les autres s'acheminaient vers le village avec l'ex-bûcheron Gustl Grollerer, Egger et Thomas

Mattl restèrent sur les lieux de l'accident pour enfouir le bras dans le sol. Les feuilles et la terre sur lesquelles il gisait étaient noires de sang, ses doigts froids et cireux quand ils les détachèrent du manche de la hache. Au bout de l'index campait un petit capricorne noir comme de l'encre. Tenant le membre raidi à bout de bras devant lui, Mattl l'examina en plissant les yeux. « C'est quand même drôle, dit-il. Il y a un instant, c'était encore un morceau de Grollerer, maintenant c'est mort et ça vaut pas beaucoup plus qu'une branche pourrie. Qu'est-ce que t'en penses : Grollerer, c'est toujours bien Grollerer, maintenant ? »

Egger haussa les épaules. « Et pourquoi pas ? Juste Grollerer avec un seul bras.

– Et si l'arbre lui avait arraché les deux bras ?

– Là aussi. Ce serait toujours Grollerer.

– Et si, supposons, juste pour voir ; s'il lui avait arraché les deux bras, les deux jambes et la moitié de la tête ? »

Egger réfléchit. « Probablement que là aussi ce serait toujours Grollerer... en fin de compte. » Tout à coup, il n'en était plus si sûr.

Thomas Mattl soupira. Il déposa le bras délicatement sur la caisse à outils et, ensemble, ils creusèrent un trou dans le sol en quelques coups de pelle. Entre-temps, la forêt avait repris son souffle, au-dessus de leurs têtes les oiseaux chantaient. La journée avait été fraîche, mais la couverture nuageuse se dissipait à présent, les rayons de soleil perçaient la frondaison en papillotant et transformaient la terre durcie en une boue molle. Ils déposèrent le bras dans sa petite sépulture et le recouvrirent. Ce furent les doigts qui disparurent en dernier. Ils restèrent émergés un instant comme de gros vers de terre, puis ils disparurent. Mattl sortit sa blague à tabac et bourra la pipe en bois de quetschier sculptée de sa main.

« C'est une saloperie, la mort, dit-il. On diminue tout bêtement avec le temps. Il y en a pour qui ça va vite, d'autres qui font durer. De la naissance à la mort, tu perds un truc après l'autre : d'abord un orteil, puis un bras ; d'abord une dent, puis ta denture ; d'abord un souvenir, puis toute la mémoire et ainsi de suite jusqu'à ce que t'aies plus rien. Alors ils balancent ce qui reste de toi dans un trou, un coup de pelle là-dessus et terminé.

– Et il fera un de ces froids, dit Egger. Un froid qui te bouffe l'âme. » Le vieux le dévisagea. Puis, sans ôter la pipe de sa bouche, il cracha sur le pin sournois où collait encore le sang de Grollerer. « N'importe quoi. Y aura rien du tout, pas de froid et encore moins d'âme. Mort et bien mort, basta ! Après il y a plus rien, pas de Bon Dieu non plus. Parce que, si y avait un Bon Dieu, son royaume des cieux serait pas si diablement loin ! »

Thomas Mattl, lui, fut emporté presque jour pour jour neuf ans plus tard. Toute sa vie, il avait souhaité mourir au travail, il en fut autrement. Alors qu'il prenait un bain dans l'unique baignoire du campement, un monstre cabossé en acier galvanisé qu'un des cuisiniers louait aux ouvriers moyennant une petite rémunération, Thomas Mattl s'endormit. Quand il se réveilla, l'eau était glacée, il attrapa mal et ne s'en remit pas. Il passa quelques nuits à transpirer sur son lit de camp, en tenant des discours sans queue ni tête sur sa mère morte depuis longtemps ou sur le « démon de la forêt ivre de sang ». Puis il se leva un matin en déclarant qu'il était guéri et qu'il voulait aller au travail. Il enfila son pantalon, passa la porte, leva la tête vers le soleil et tomba raide mort. On l'enterra dans le pré pentu qui jouxtait le cimetière du village et que l'entreprise avait racheté à la commune. Presque tous les employés disponibles étaient réunis pour prendre congé de lui et assister au bref éloge mortuaire bricolé par un des contremaîtres, où il fut question de la dureté du travail en montagne et de la pureté de l'âme de Mattl.

Thomas Mattl fut l'un des trente-sept hommes qui, officiellement, périrent en travaillant pour l'entreprise Bittermann & Fils, avant qu'elle ne fît faillite, en dix-neuf cent quarante-six. En réalité, ils furent bien plus nombreux, ceux qui laissèrent leur vie pour la construction de ces téléphériques en expansion continue depuis les années trente. « Pour chaque benne, il y en a un qui passe sous terre », avait dit Mattl une fois, au cours d'une de ses dernières nuits. Mais, à ce moment-là, les autres ne le prenaient déjà plus tout à fait au sérieux, ils pensaient que la fièvre lui avait déjà cramé le cerveau et le dernier reste de raison.

Ainsi s'acheva la première année d'Andreas Egger à l'entreprise Bittermann & Fils. « Le 1er Téléphérique du massif des Dômes » (c'était l'appellation officielle, dont n'usaient en fait que le maire et les touristes, les autochtones disant simplement « la Lisette bleue » à cause des deux bennes bleu azur, et aussi de leur avant un peu aplati qui rappelait l'épouse du maire) fut inauguré en grande pompe à la station supérieure, par une réception où vinrent se geler, dans leurs costumes légers et leurs robes plus légères encore, une foule de gens distingués venus d'ailleurs, et où le curé hurla sa bénédiction contre le vent, sa soutane voletant autour de son corps comme la robe d'un choucas ébouriffé. Egger était parmi ses collègues éparpillés sur la montagne au-dessous du Crâne-du-Géant, et chaque fois qu'il voyait applaudir les gens, en haut sur la plateforme, il levait les bras en l'air et poussait des cris enthousiastes. Un étrange sentiment de plénitude et de fierté habitait son cœur. Il se sentait partie prenante de quelque chose de grand, quelque chose qui dépassait de loin ses propres forces – y compris sa force d'imagination – et allait faire progresser, s'il avait bien saisi, non seulement la vie dans la vallée, mais l'humanité tout entière. Depuis que, quelques jours auparavant lors de l'essai, la Lisette bleue s'était élevée à petites secousses prudentes mais sans incident notable, les montagnes semblaient avoir perdu un peu de leur toute-puissance éternelle. Et d'autres remontées mécaniques allaient lui succéder. L'entreprise avait prolongé les contrats de presque tous les ouvriers et présenté une bonne quinzaine de projets, dont l'un, absolument inouï, se proposait de transporter les passagers avec skis et sac à dos, non pas dans des cabines, mais sur des sièges de bois planant librement dans les airs. Egger trouvait bien cette idée un peu ridicule, mais il admirait en secret ces ingénieurs pleins d'assurance, capables d'extraire de leurs crânes des choses aussi fantastiques, et que tempêtes de neige et canicules estivales n’affectaient pas plus qu’elles ne ternissaient le lustre de leurs souliers toujours impeccablement cirés.

Une moitié de vie ou, disons, presque quatre décennies plus tard, l’été de l’année dix-neuf cent soixante-douze très précisément, Egger, posté au même endroit, observait les bennes gris métallisé de l’ancienne Lisette bleue filer rapidement au-dessus de sa tête, tout juste accompagnées d’un bourdonnement à peine audible. En haut sur la plate-forme, les portes de la benne s’ouvraient dans un sifflement prolongé pour débarquer un tas de randonneurs qui se dispersaient dans toutes les directions, se répandant partout sur la montagne comme une nuée d’insectes multicolores. Egger était agacé par ces gens qui grimpaient à tort et à travers dans les éboulis et paraissaient traquer sans cesse quelque merveille cachée. Il se serait bien mis en travers de leur route pour leur dire leur fait, mais, finalement, il ne savait trop quoi leur reprocher. Tout au fond de lui-même, il pouvait bien se l’avouer, il enviait les randonneurs. Il les voyait escalader les rochers en tennis et en short, prendre leurs enfants sur leurs épaules et fixer leurs appareils photo en riant. Lui, par contre, était un vieil homme plus bon à rien, encore bien content d'arriver à se tenir à peu près droit en marchant. Il était dans ce monde depuis si longtemps, il l'avait vu changer, tourner de plus en plus vite chaque année en apparence, il se faisait l'effet d'un reliquat d'une époque révolue, d'un épineux rabougri qui tentait encore désespérément de se redresser vers le soleil.

Les semaines et les mois qui suivirent l'inauguration à la station supérieure furent la période la plus heureuse de la vie d'Andreas Egger. Il se voyait comme un rouage minuscule mais pas si anodin d'une gigantesque machine nommé Progrès et, avant de s'endormir, il s'imaginait parfois lové dans le ventre de cette machine qui se frayait inexorablement un passage à travers les forêts et les montagnes, œuvrant, lui, à cette incessante progression à la sueur de son front. Il tenait l'expression *à la sueur de son front* d'une revue défraîchie que Marie avait trouvée sous un des bancs de l'auberge et dont elle lui faisait la lecture certains soirs. Outre toutes sortes de réflexions sur la mode de la ville, l'entretien du jardin, la tenue des animaux domestiques et la morale en général, la revue contenait une histoire. Elle traitait d'un aristocrate russe désargenté qui convoyait sa jeune maîtresse, une fille de paysans pourvue de dons étonnants, à travers la moitié de la Russie au cours de l'hiver, pour la mettre à l'abri des poursuites d'une poignée de notables ruraux fanatiquement religieux, dont son propre père. L'histoire se terminait tragiquement, mais comprenait une série de scènes dites *romantiques* que Marie exposait avec un imperceptible tremblement dans la voix, et qui suscitaient en Egger un surprenant mélange de répulsion et de fascination. Buvant les mots qui sortaient de la bouche de Marie, il sentait se propager lentement sous sa couverture une chaleur qui, lui semblait-il, allait emplir toute la cabane. Chaque fois que l'aristocrate fauché et la fille de paysans filaient dans la calèche du premier à travers la steppe enneigée, talonnés par le martèlement des sabots et les cris furieux des poursuivants, et que la jeune fille effrayée se jetait dans les bras du comte, effleurant sa joue de l'ourlet de sa manche souillée par le voyage, c'en était trop pour Egger ! Il envoyait valser sa couverture, et ses yeux en feu défiaient l'obscurité qui sous les poutres du toit vacillait à la lueur de la bougie. Marie posait alors avec précaution le petit livre sous le lit et soufflait la chandelle. « Viens », chuchotait-elle dans le noir, et Egger obtempérait.

Un soir de la fin mars dix-neuf cent trente-cinq, Egger et Marie s'étaient assis au crépuscule sur le seuil de leur porte et regardaient la vallée. Les dernières semaines avaient été enneigées, mais, depuis deux jours, une soudaine vague de chaleur annonçait le printemps, partout la neige fondait et, sous la gouttière, les becs des jeunes hirondelles pointaient déjà hors du nid. Du matin au soir, les parents volaient vers leur progéniture, des vers et des insectes au bec, ce qui faisait dire à Egger que « toute leur merde accumulée suffirait à cimenter de nouvelles fondations ». Mais Marie aimait les oiseaux, elle les tenait pour des porte-bonheur volants qui éloignent le mal de la maison, Egger se résignait donc à la saleté, et le nid avait droit de cité.

Egger parcourut du regard le village et l'autre versant de la vallée. Dans de nombreuses maisons, les fenêtres étaient déjà éclairées. Il y avait l'électricité dans la vallée depuis quelque temps, et, certains jours, on pouvait voir çà et là un vieux paysan assis devant sa lampe dans sa cuisine, en train de scruter avec étonnement la claire incandescence. Au campement aussi, les lumières s'étaient allumées, et des minces tuyaux de fer sortait une fumée qui montait presque verticalement dans le ciel nocturne, bas et nuageux. De loin, on aurait dit que les nuages étaient accrochés aux toits par des fils ténus et qu'ils planaient au-dessus de la vallée, tels d'énormes ballons informes. Les bennes de la Lisette bleue étaient immobiles, Egger pensa aux deux techniciens de l'entretien qui, à ce moment précis, se faufilaient avec leur flacon d'huile dans la salle des machines pour graisser le rouage. Un deuxième téléphérique était déjà achevé et, pour le troisième, on avait commencé à percer dans la forêt de la vallée voisine une tranchée plus longue et plus large que les deux premières réunies. Egger contempla son petit lopin de terre escarpé, recouvert de neige. Il sentit une chaude bouffée de contentement l'envahir, il aurait voulu bondir et crier son bonheur à la face du monde, mais Marie était assise, si tranquille et silencieuse qu'il resta assis lui aussi.

« Peut-être qu'on peut faire encore plus de légumes, dit-il. Je pourrais agrandir le jardin. Derrière la maison, je veux dire. Des pommes de terre, des oignons, des choses comme ça.

– Oui, ce serait pas mal, Andreas », dit-elle. Egger la regarda. Il ne se souvenait pas qu'elle l'eût jamais appelé par son prénom. C'était la première fois, ça lui faisait drôle. Elle s'essuya le front d'un bref revers de la main, et il détourna les yeux. « Faut voir si tout ça va pousser dans un sol pareil, dit-il en creusant la terre gelée du bout de son soulier.

– Il y a quelque chose qui va pousser. Et ce sera quelque chose d'absolument merveilleux », dit-elle.

Egger la regarda de nouveau. Elle s'était un peu adossée, son visage était à peine visible dans l'ombre de l'entrée. Seuls ses yeux se devinaient, deux gouttes brillantes dans l'obscurité.

« Pourquoi tu me regardes comme ça ? » demanda-t-il à voix basse. Soudain il se sentait mal à l'aise, assis là, à côté de cette femme qui lui était si familière et en même temps si étrangère. Elle inclina le buste un peu en avant et posa ses mains dans son giron. Ces mains lui parurent inhabituellement délicates et blanches. Impossible qu'elles aient tenu la hache et coupé le bois pour le feu juste quelques heures auparavant. Il tendit le bras, toucha l'épaule de Marie et, bien qu'il continuât à regarder ses mains blanches dans son giron, il savait qu'elle souriait.

Dans la nuit, Egger fut éveillé par un bruit insolite. Ce n'était guère qu'une vague prémonition, un chuchotement qui effleurait les murs. Étendu dans l'obscurité, il tendit l'oreille. Il sentait la chaleur de sa femme à côté de lui et il entendait le souffle léger de sa respiration. Il finit par se lever et par sortir. L'haleine chaude du foehn le cueillit de plein fouet et faillit lui arracher la porte des mains. Sur le ciel nocturne couraient des nuages noirs, entre lesquels brillait par intermittence une pâle lune informe. Egger monta un peu dans le pré d'un pas pesant. La neige était lourde, trempée, partout clapotait l'eau du dégel. Il pensa aux légumes et à tout ce qu'on pourrait encore faire. La terre ne donnait guère, mais ça suffirait. Ils pourraient avoir une chèvre, peut-être même une vache, se dit-il, à cause du lait. Il s'immobilisa. Quelque part sur la hauteur, il entendait un bruit, comme si quelque chose éclatait en soupirant très fort dans les entrailles de la montagne. Puis il entendit un grondement sourd qui enflait, et, immédiatement, la terre se mit à trembler sous ses pieds. Soudain il eut froid. En quelques secondes, le grondement monta dans les aigus et se mua en un son perçant. Debout, immobile, Egger entendit la montagne commencer à chanter. Puis il vit, à une distance d'une vingtaine de mètres environ, une grande forme noire passer silencieusement, et, avant même de réaliser que c'était un tronc d'arbre, il se mit à courir. Il courut dans la neige profonde vers la maison en appelant Marie, mais à ce moment-là quelque chose le happa et le souleva. Il se sentit emporté, et la dernière vision qu'il eut avant d'être englouti par une vague noire fut celle de ses propres jambes qui se dressaient au-dessus de lui dans le ciel, comme si elles avaient perdu tout lien avec le reste de son corps.

Quand Egger revint à lui, les nuages avaient disparu et la lune rayonnait d'un blanc éclatant dans le ciel nocturne. Tout autour, les montagnes se dressaient dans cette lumière, leurs crêtes glacées comme estampillées dans de la tôle ; leur clarté tranchante semblait découper le ciel. Egger était couché sur le dos de biais. Il pouvait remuer la tête et les bras, mais ses jambes étaient plongées dans la neige jusqu'aux hanches. Il commença à creuser. Des deux mains, il fouilla la neige et, à force de gratter, en extirpa ses jambes ; quand il les eut dégagées, il les vit, étonné, étendues devant lui, froides et étrangères comme deux bouts de bois. Des deux poings, il se frappa les cuisses. « C'est pas le moment de me laisser tomber », dit-il ; et il émit un petit rire rauque lorsque, avec le sang, enfin, la douleur afflua dans ses jambes. Il tenta de se lever, mais retomba aussitôt, plié en deux. Il s'en prit à ses jambes qui n'étaient bonnes à rien, il s'en prit à son corps qui était plus faible que le corps d'un enfant. « Allez, remue-toi, debout ! » se disait-il à lui-même, puis il essaya une fois encore et réussit, il était debout. Le coin avait changé. L'avalanche avait enseveli les arbres et les rochers, lissant le sol. Ses masses de neige déployaient un gigantesque manteau sous le clair de lune. Il tenta de se repérer aux montagnes. Autant qu'il pouvait distinguer, il se trouvait à peu près à trois cents mètres en aval de sa cabane à vol d'oiseau, elle devait être là-haut, derrière ce monticule de neige amassée. Il se mit en route. Il progressait plus lentement qu'il n'avait pensé, la neige de l'avalanche était imprévisible, tantôt dure comme pierre, quasiment soudée au sous-sol, deux pas plus loin molle et poudreuse, du vrai sucre. Les douleurs étaient atroces. Sa jambe valide surtout le tracassait. On aurait dit qu'une épine d'acier fichée dans sa cuisse s'enfonçait à chaque pas un peu plus dans les chairs. Il eut une pensée pour les jeunes hirondelles, espérant que le souffle de l'avalanche ne les avait pas touchées. Mais le nid était bien abrité, et il avait bâti la charpente solidement. N'empêche qu'il allait devoir renforcer les traverses inférieures, il lesterait le toit avec des pierres et il protégerait l'arrière de la cabane par un mur de soutènement fait de blocs de rochers encastrés dans le flanc de montagne. « Il me faudra des pierres plates ! » se dit-il à voix haute. Il s'arrêta brièvement et tendit l'oreille. Mais on n'entendait pratiquement pas un bruit. Le foehn avait disparu, seule une très légère brise lui picotait un peu la peau. Il continua à marcher. Le monde autour de lui était silencieux et mort. Pendant un instant, il eut l'impression d'être le dernier homme sur terre, ou du moins le dernier homme de la vallée. Il ne put s'empêcher de rire. « Quelle ânerie », dit-il, et il continua à marcher. Le dernier bout de chemin avant le monticule de neige était à pic, il dut le gravir à quatre pattes. La neige sous ses doigts était friable, et elle lui paraissait d'une chaleur étonnante. Bizarrement, les douleurs dans ses jambes avaient maintenant disparu, mais celles-ci étaient encore transies jusqu'à l'os et lui semblaient légères et cassantes comme du verre. « J'arrive tout de suite », dit-il pour lui-même ou pour Marie ou on ne sait qui, mais, au même moment, il sut que personne ne l'entendrait et, en hissant le buste au-dessus de la crête du monticule, il eut un sanglot bruyant. Il s'agenouilla dans la neige et balaya du regard la surface éclairée par la lune où s'était dressée sa maison. Il cria le nom de sa femme éperdument dans le silence : « Marie ! Marie ! » Il se leva et parcourut son terrain, hagard. Sous la couche de poudreuse où il s'enfonçait jusqu'au genou, la neige était dure et lisse, comme damée au rouleau compresseur. Partout gisaient, épars, des bardeaux, des pierres, du bois brisé. Il reconnut le cercle de fer de sa tonne d'eau de pluie et, juste à côté, une de ses bottes. Sous une légère éminence, un bout de cheminée émergeait du sol. Egger fit quelques pas jusqu'à l'emplacement où il supposait l'entrée enfouie sous la neige. Il tomba à genoux et se mit à racler. Il creusa jusqu'à ce que ses mains fussent en sang et que la neige sous lui se teintât de rouge foncé. Quand, au bout d'une heure, il fut parvenu à environ un mètre et demi de profondeur et qu'il sentit une poutre du toit arrachée par l'avalanche comme cimentée sous ses doigts à vif, il cessa de creuser. Il se redressa et leva les yeux vers le ciel nocturne. Puis il tomba le buste en avant et coucha son visage dans la neige imbibée de son sang.

Des semaines s'écoulèrent avant que les bribes des différents récits se fussent ajustées les unes aux autres et que, dans la tête des gens de la région, le déroulement des événements de cette nuit-là eût pris un tour à peu près compréhensible. L'avalanche était survenue à deux heures et demie. À peu près cinquante mètres au-dessous du sommet de l'alpage, un énorme paquet de neige s'était détaché d'une corniche et avait dévalé brutalement la montagne en mugissant. La pente étant presque verticale au point de rupture, l'avalanche avait pris rapidement de la vitesse et tracé un sillon dévastateur en déboulant sur la vallée. Les masses de neige tonitruantes frôlèrent la sortie du village pour rejaillir sur l'autre versant, où elles déclenchèrent une petite avalanche secondaire, dont la langue septentrionale toucha même le campement de l'entreprise Bittermann & Fils, et qui s'immobilisa finalement à une longueur de bras de la vieille baignoire de Mattl. L'avalanche emporta le bois déraciné et creusa une cuvette profonde qui s'étendait jusqu'à la colline près de l'étang du village. Les villageois parlaient d'une sourde détonation, puis d'un grondement, un mugissement venu de la montagne, semblable au martèlement de sabots d'un immense troupeau de bêtes, qui s'était approché rapidement de la vallée. Le souffle fit trembler les vitres, partout les madones et les crucifix basculèrent des murs. Les gens sortirent de leurs maisons en toute hâte et s'enfuirent sur la route, avec, au-dessus de leurs nuques ployées, un nuage de poussière de neige qui semblait avaler les étoiles. Ils se regroupèrent devant la chapelle, le murmure du chœur des femmes en prière accompagnant le grondement de l'avalanche qui déclinait. Très lentement, le nuage de neige s'affaissa, recouvrant tout d'une fine couche blanche. Un silence de mort régnait maintenant sur la vallée, les habitants comprirent que c'était fini.

Les dégâts furent terribles, bien plus affreux encore qu'après la grande tornade de neige de dix-huit cent soixante-treize dont disaient encore se souvenir quelques anciens du village et dont témoignaient seize croix sculptées dans l'autel privé de la ferme Ogfreiner, hommage muet aux seize âmes disparues. Quatre fermes, deux grandes granges à foin, le petit moulin du maire sur le torrent, ainsi que cinq baraques d'ouvriers et une des latrines du campement furent complètement détruits ou sévèrement endommagés. Dix-neuf bovins, vingt-huit porcs, d'innombrables poules et les six malheureux moutons du village y laissèrent la vie. À l'aide du tracteur ou à mains nues, leurs cadavres furent extraits de la neige et brûlés avec les débris des ruines qui n'étaient plus réutilisables. Des jours durant, la puanteur des chairs calcinées empesta l'air et couvrit l'odeur du printemps qui arrivait pour de bon maintenant, faisant fondre les masses de neige et dévoilant l'étendue de la catastrophe. Il n'empêche que les villageois se rendirent ensemble le dimanche à la chapelle pour remercier le Seigneur de sa bonté. Seul l'effet de la grâce divine pouvait, en effet, expliquer que l'avalanche n'eût coûté la vie qu'à trois personnes : un couple de vieux paysans nommés Simon et Hedwig Jonasser, dont la maison était cernée par la neige de toute part, et qu'on trouva, lorsqu'on put enfin se frayer un passage jusqu'à leur chambre à coucher, dans leur lit, étroitement enlacés, le visage tourné l'un vers l'autre, asphyxiés, ainsi que la servante de l'auberge Marie Reisenbacher, la jeune épouse d'Andreas Egger.

Les hommes de la troupe de secours hâtivement constituée dans la nuit même du sinistre trouvèrent la cabane d'Egger engloutie sous la neige et le découvrirent, lui, gisant recroquevillé devant un trou dans la neige creusé à mains nues. Quand ils s'étaient approchés du lieu sinistré, il n'avait pas bougé, lui fut-il rapporté ultérieurement, et pas un des hommes n'aurait parié un Groschen que, dans ce tas humain tout sombre, il y eût encore de la vie. Egger ne se rappelait aucun détail de son sauvetage, mais jusqu'à la fin de sa vie il fut hanté par la vision irréelle des torches qui se détachaient de l'obscurité nocturne et se dirigeaient lentement vers lui, chancelantes comme des spectres.

La dépouille de Marie fut dégagée, puis exposée dans la chapelle à côté des Jonasser et enfin inhumée au cimetière communal. Les obsèques se déroulèrent sous un soleil radieux, au-dessus de la terre retournée vrombissaient les premiers bourdons. Egger, assis sur un trépied, raide et malade de tristesse, recevait les condoléances des gens. Il ne comprenait pas ce qu'ils lui disaient, leurs mains tendues vers lui avaient la consistance de bizarres choses étrangères.

Les semaines suivantes, Egger fut hébergé au Chamois d'or. Il passait son temps alité dans une chambre minuscule derrière la buanderie, que l'aubergiste avait mise à sa disposition. Les fractures de ses jambes guérissaient très lentement. Le rebouteux Aloïs Klammerer étant mort depuis des années (un cancer lui avait rongé le palais, la moitié de la mâchoire et les chairs, si bien qu'à la fin on voyait ses dents à travers sa joue trouée comme par une fenêtre), il fallut donc recourir aux services du jeune médecin de la commune installé au village depuis la saison précédente, qui vivait essentiellement des membres foulés, démis ou fracturés des randonneurs et des skieurs dont le nombre augmentait à vue d'œil. L'entreprise Bittermann & Fils prit en charge les honoraires du médecin, Egger eut droit à deux plâtres d'un blanc rutilant autour des jambes. À la fin de la deuxième semaine, on lui cala un gros coussin de paille dans le dos, et il fut autorisé à s'asseoir dans le lit et à boire son lait dans une tasse au lieu de le laper dans une écuelle de terre. Au bout de trois semaines, il était suffisamment remis pour que l'aubergiste et le serveur l'emmitouflent chaque jour à midi dans une couverture de cheval, le sortent du lit et aillent l'asseoir dehors sur un petit banc en bouleau devant la porte, où il pouvait voir le versant sur lequel s'était dressée sa maison dont on ne distinguait plus maintenant qu'un tas d'éboulis éclairé par le chaud soleil printanier.

Vers la fin mai, Egger demanda un couperet bien aiguisé à l'un des garçons de cuisine. Il s'en servit pour entailler ses plâtres et les coupailla tant et si bien qu'ils finirent par s'ouvrir en deux et découvrir ses jambes. Blanches et grêles comme deux bâtons pelés, elles reposaient sur le drap, et leur vue lui sembla presque encore plus déroutante que quelques semaines auparavant, lorsqu'il les avait tirées de la neige, raides et glacées.

Egger traîna pendant quelques jours encore son corps affaibli entre le lit et le banc de bouleau, avant de sentir qu'il reprenait possession de ses jambes et qu'elles étaient assez solides pour le porter sur une assez longue distance. Pour la première fois depuis des semaines, il enfila un pantalon, puis il se mit en route vers son terrain. Il traversa le bois laminé par l'avalanche, contempla le ciel plein de petits nuages ronds et les fleurs qui pointaient partout entre les souches et les troncs arrachés, blanches, jaune d'or et bleu foncé. Il essayait de tout observer avec précision pour bien se le rappeler ensuite. Il voulait comprendre ce qui était arrivé, mais quand, après des heures de marche, il parvint à son lopin de terre et qu'il vit les poutres et les planches qui le jonchaient, il sut qu'il n'y avait rien à comprendre. Il s'assit sur une pierre et pensa à Marie. Il se représenta ce qui s'était passé cette nuit-là, et de terribles visions se mirent à défiler dans son imagination : dressée sur son séant dans son lit, les bras allongés sur la couverture, Marie tendait l'oreille dans l'obscurité, les yeux écarquillés ; et une seconde après, le poing monstrueux de l'avalanche fracassait les murs et poussait son corps dans la terre froide.

*

À l'automne, presque six mois après l'avalanche, Egger quittait la vallée avec une équipe de l'entreprise. Pour les travaux de force en forêt toutefois, il était désormais inutilisable.

« Qu'est-ce que tu veux qu'on fasse de toi ? » demanda le fondé de pouvoir quand Egger eut boitillé silencieusement jusqu'à son bureau, devant lequel il se tenait maintenant, tête basse. « Tu n'es plus bon à rien ! » Egger acquiesça, et le fondé de pouvoir soupira. « Là, pour ta femme, je suis désolé, dit-il. Mais ne va pas t'imaginer que les dynamitages y sont pour quelque chose. Le dernier remontait à trois semaines avant l'avalanche !

– Je m'imagine rien », dit Egger. Le fondé de pouvoir inclina la tête de biais et regarda un instant par la fenêtre. « Ou bien tu crois peut-être que la montagne a une mémoire ? » demanda-t-il à brûle-pourpoint. Egger haussa les épaules. Le fondé de pouvoir se pencha sur le côté, se racla la gorge et cracha dans une coupelle en tôle qui était à ses pieds. « Enfin, bon, fit-il enfin. L'entreprise Bittermann & Fils a construit dix-sept téléphériques, et tu peux me croire, ce ne seront pas les derniers. Les gens ne pensent qu'à glisser sur les montagnes avec leurs planches. » Il repoussa sa coupelle sous son bureau du bout de sa chaussure et dévisagea Egger d'un air sévère. « Dieu seul sait pourquoi ! dit-il. Quoi qu'il en soit, il faut assurer la maintenance, vérifier les câbles, graisser les rouages, entretenir les toits des bennes et cetera. Tu n'as pas besoin d'avoir toujours la terre ferme sous les pieds, que je sache ?

– J'crois pas, dit Egger.

– Alors c'est bon », conclut le fondé de pouvoir.

Egger fut affecté à une petite escouade composée d'une poignée de taiseux, dont les figures barbues, tannées par le soleil des montagnes, ne trahissaient guère les émois intimes. Accroupis le plus souvent à l'arrière d'un fourgon fermé, ils allaient de téléphérique en téléphérique, par des routes de montagne maintenant asphaltées pour la plupart, effectuer les travaux d'entretien trop complexes pour être confiés aux ouvriers du cru. Le travail d'Egger consistait à glisser lentement vers l'aval, assis dans une nacelle en bois fixée aux câbles d'acier par une unique courroie de sécurité et un mécanisme roulant pourvu d'un frein à main, pour débarrasser les câbles et les charnières des pylônes de la poussière, de la glace et des fientes d'oiseaux encroûtées, et les graisser ensuite proprement. Nul ne se ruait sur cette tâche, le bruit courant que, les années précédentes, deux hommes qui étaient tous deux excellents grimpeurs étaient tombés et y avaient laissé la vie, à la suite d'une imprudence ou à cause d'un matériel défectueux ou tout simplement du vent, qui faisait parfois osciller les câbles des deux côtés sur un mètre de largeur. Mais Egger n'avait pas peur. Il savait que sa vie ne tenait qu'à un fil, mais dès qu'il avait escaladé un pylône, fixé le mécanisme de roulement et accroché les mousquetons de sécurité, il sentait le calme l'envahir et les pensées confuses et désespérées qui recouvraient son cœur d'un nuage noir se dissiper lentement dans l'air des montagnes, pour faire enfin place à un sentiment de pure tristesse.

Pendant des mois, Egger parcourut ainsi les vallées, dormant la nuit dans le camion ou les pensions bon marché, se balançant le jour entre ciel et terre. Il voyait l'hiver se coucher sur les montagnes. Il travaillait sous la neige qui tombait dru, raclait la glace des câbles avec sa brosse métallique et abattait sur les traverses des pylônes de longues stalactites qui explosaient sous lui dans l'abîme avec un léger tintement de verre cassé ou étaient englouties sans un bruit par la neige. Dans le lointain, il entendait souvent le grondement sourd des avalanches. Quelquefois, il semblait s'approcher, il levait alors les yeux vers le sommet de la pente, dans l'attente de l'énorme vague blanche qui le propulserait sur quelques mètres et l'emporterait enfin, lui, son câble, les pylônes d'acier et le monde entier. Mais, chaque fois, le grondement finissait par s'estomper, et les cris aigus des choucas se faisaient entendre à nouveau.

Au printemps, sa feuille de route le ramena dans la vallée, où il resta quelque temps pour débarrasser la tranchée de la Lisette bleue du bois charrié par la fonte des neiges et réparer de petites fissures dans les socles des pylônes. De nouveau, il fut hébergé au Chamois d'or, dans cette chambre où il avait passé tant de jours avec ses jambes brisées. Chaque soir, il revenait de la montagne mort de fatigue, avalait assis au bord du lit les restes de sa ration du jour et sombrait dans un sommeil lourd et sans rêves, dès qu'il posait sa tête sur l'oreiller. Une fois, il s'éveilla au milieu de la nuit avec un sentiment étrange et, quand il leva les yeux vers la lucarne poussiéreuse sous le plafond, il vit qu'elle était couverte d'innombrables papillons de nuit. Les ailes des petites bêtes qui semblaient briller au clair de lune battaient contre la vitre avec un bruit de papier à peine audible. Egger pensa d'abord que leur apparition devait être un signe, mais il ne voyait pas ce qu'il pouvait signifier, il ferma donc les yeux et entreprit de se rendormir. Ce ne sont que des papillons, se dit-il, quelques petits papillons de nuit tout bêtes, et, quand il se réveilla tôt le matin, ils avaient disparu.

Il resta quelques semaines au village, lequel, autant qu'il pût en juger, s'était largement remis des suites de la catastrophe, puis il repartit. Il avait évité d'aller voir son terrain ou de se rendre au cimetière, et il ne s'était pas assis non plus sur le petit banc de bouleau. Il repartit se suspendre entre les montagnes et vit, en dessous de lui, les saisons se succéder, une alternance d'images colorées qui ne lui disaient rien, avec lesquelles il n'avait rien à voir. Plus tard, il devait se souvenir de ces années après l'avalanche comme d'une période vide et silencieuse, qui peu à peu, très lentement, presque insensiblement, avait recommencé à se remplir de vie.

Quand, un beau jour d'automne, un rouleau de papier de verre lui tomba des mains et dévala la pente en bondissant comme un cabri, avant de voler au-dessus d'un ressaut rocheux et de disparaître finalement dans le précipice, Egger s'interrompit pour la première fois depuis longtemps et observa ce qui l'entourait. Le soleil était bas et les cimes éloignées se voyaient très nettement sur le ciel, comme si on les y avait peintes de frais. Tout près de lui se dressait un érable sycomore isolé, d'un jaune éclatant, un peu plus loin des vaches paissaient, projetant de longues ombres minces qui se déplaçaient avec elles, pas à pas, dans le pré. Sous l'auvent d'une petite hutte pour les veaux, un groupe de randonneurs faisait halte. Egger les entendait discuter, rire ensemble, et leurs voix lui parurent à la fois étrangères et agréables. Il pensa à la voix de Marie, comme il avait aimé l'écouter ! Il tenta de se rappeler sa mélodie et son timbre, mais ses efforts furent vains. « Si au moins sa voix m'était restée ! » se dit-il tout haut. Puis il roula lentement jusqu'au pylône d'acier suivant, en descendit et se mit à la recherche du papier de verre.

Trois jours plus tard, après une journée humide et froide passée à éliminer à la brosse la rouille qui recouvrait les rivets du socle d'une gare supérieure de téléphérique, Egger sauta, le soir, de la rampe du camion et se rendit à la petite pension où il logeait avec les autres. Pour gagner sa chambre, il passait devant la salle de séjour de la propriétaire, qui sentait les cornichons au vinaigre. La vieille femme était assise seule à sa table. Elle était accoudée, le visage enfoui dans ses mains. Devant elle trônait un grand poste de radio d'où résonnait habituellement à cette heure le son des cuivres d'une fanfare ou le flot des discours furieux d'Adolf Hitler. Cette fois-ci, la radio était silencieuse, Egger entendit la vieille respirer fort dans ses mains en haletant légèrement. « Vous ne vous sentez pas bien ? » demanda-t-il.

La vieille leva la tête et le regarda. Sur son visage se dessinaient les empreintes de ses doigts, des stries blêmes, qui, lentement, se remplirent à nouveau de sang. « On est en guerre, dit-elle.

– Qui est-ce qui a dit ça ? demanda Egger.

– Ben, la radio », dit la vieille en jetant au poste un regard hostile. Egger la vit passer une main derrière sa tête et dénouer son chignon en deux gestes rapides. De longs cheveux jaunâtres et filasse retombèrent sur sa nuque. Ses épaules frémirent brièvement, comme si elle allait éclater en sanglots. Mais elle se leva, passa devant lui, traversa le vestibule et sortit sur le seuil, où elle fut accueillie par un chat crasseux qui tourna un moment autour de ses pieds, avant de disparaître avec elle au coin de la rue.

Le matin suivant, Egger prit le chemin de son village pour aller s'enrôler dans l'armée. Cette décision n'était pas le fruit de quelque réflexion préalable. Elle s'était imposée à lui simplement, tout à coup, pareille à un appel venu de loin, qu'Egger savait devoir suivre. À l'âge de dix-sept ans déjà, il avait été convoqué par le conseil de révision, mais, à l'époque, Kranzsocker avait fait objection avec succès, arguant que si on lui arrachait ce fils adoptif qu'il chérissait (et qui, soit dit en passant, était aussi le plus dur à la tâche de la famille), pour l'immoler aux bâfreurs de macaronis ou pire encore aux bouffeurs de grenouilles, autant foutre le feu tout de suite à sa ferme, crénom de Dieu ! À l'époque, Egger lui en avait été secrètement reconnaissant. Il n'avait alors certes rien à perdre, mais il avait encore quelque chose à gagner. Maintenant, c'était différent.

Comme le temps était à peu près stable, il se mit en route à pied. Il marcha toute la journée, passa la nuit dans une vieille grange à foin et repartit avant le lever du soleil. Il écoutait le bourdonnement régulier des fils téléphoniques, qu'on avait récemment tendus entre de fins poteaux le long des chemins, il voyait les montagnes émerger de la nuit avec les premiers rayons de soleil, et, bien qu'il l'eût contemplé des milliers de fois déjà, cette fois, ce spectacle le remua étrangement. Il ne pouvait se rappeler avoir vu de sa vie quelque chose d'aussi beau et, en même temps, d'aussi effrayant.

Le séjour d'Egger au village fut bref. « Vous êtes trop vieux. Qui plus est, vous boitez », dit l'officier qui était installé au Chamois d'or à une table de l'auberge nappée de blanc et décorée de petits fanions à croix gammée, et composait le conseil de révision avec le maire et une dactylographe sur le retour.

« Je veux partir à la guerre, dit Egger.

– Pensez-vous que la Wehrmacht ait besoin d'individus de votre acabit ? demanda l'officier. Mais pour qui nous prenez-vous ?

– Ne fais pas l'idiot, Andreas, repars à ton travail », dit le maire, et l'affaire fut close. La dactylographe appliqua un tampon sur l'unique feuille qui constituait son dossier, et il s'en retourna à ses téléphériques.

Pas tout à fait quatre ans après cet épisode, en novembre dix-neuf cent quarante-deux, Egger se retrouva devant le même conseil, non plus comme volontaire, cette fois, mais comme appelé. Il ignorait complètement pourquoi la Wehrmacht avait soudain besoin d'un individu de son acabit ; visiblement les temps avaient changé.

« Que savez-vous faire ? demanda l'officier.

– Je connais les montagnes, répondit Egger. Je sais nettoyer les câbles d'acier et percer des trous dans le rocher !

– Parfait, dit l'officier. Vous avez déjà entendu parler du Caucase ?

– Non, dit Egger.

– Ça ne fait rien, dit l'officier. Andreas Egger, je vous déclare bon pour le service. Il vous revient la tâche glorieuse de libérer l'Est ! »

Egger regarda par la fenêtre. Dehors, il avait commencé à pleuvoir, de grosses gouttes claquaient contre la vitre, obscurcissant la salle d'auberge. Du coin de l'œil, il vit le maire se pencher lentement au-dessus de la table et en fixer le plateau.

En tout, Egger passa plus de huit ans en Russie, dont même pas deux mois au front, et le reste dans un camp de prisonniers perdu dans l'immensité de la steppe pontique. Bien que la mission lui parût à peu près claire au début (outre de libérer l'Est, il s'agissait de s'assurer des gisements de pétrole et de défendre et entretenir les futures installations d'extraction), les premières journées écoulées, il eût été bien en peine de dire exactement ce qu'il faisait là et pour quelle cause ou contre qui il se battait. C'était comme si, dans ces nuits d'hiver caucasiennes noires comme de l'encre où les canonnades s'épanouissaient à l'horizon des crêtes montagneuses telles des fleurs lumineuses, imprimant leurs reflets sur les figures apeurées, désespérées ou émoussées des soldats, toute idée de sens ou de non-sens était étouffée dans l'œuf. Egger ne posait pas de questions. Il exécutait les ordres, point à la ligne. D'ailleurs, il pensait qu'il aurait pu tomber beaucoup plus mal. Quelques semaines après son arrivée dans les montagnes, il fut mené de nuit par deux compagnons silencieux qui connaissaient visiblement bien le coin sur un étroit plateau rocheux, situé à environ quatre mille mètres d'altitude. Il resterait là jusqu'à ce qu'on le rappelle, lui avait déclaré un de ses supérieurs, d'une part, afin de percer une série de trous pour la dynamite, de l'autre, pour s'assurer de cette position d'avant-poste et la défendre le cas échéant. Egger n'avait aucune idée de la position dont il était question ni même de ce qu'on entendait par ce type de position, mais il n'était pas mécontent de sa tâche. Les deux autres le laissèrent seul avec l'outillage, une tente, une caisse de provisions, et la promesse de revenir le ravitailler une fois par semaine, et Egger s'installa comme il pouvait. Le jour, il perçait des douzaines et des douzaines de trous dans un rocher qu'il devait d'abord dégager d'une épaisse couche de glace ; la nuit, couché dans sa tente, il tentait de dormir malgré le froid glacial. Son équipement comprenait un sac de couchage, deux couvertures, ses chaussures de montagne fourrées de peau et la grosse veste matelassée des chasseurs alpins. De plus, il avait dressé une partie de sa tente dans une corniche de glace, ce qui l'abritait au moins un peu du vent, si violent parfois qu'il couvrait le mugissement des bombes et les sourdes détonations de la défense antiaérienne. Tout cela ne suffisait pourtant pas à tenir le froid à distance. Le gel semblait s'insinuer dans toutes les coutures, s'infiltrer sous ses vêtements, sous sa peau, et s'incruster dans chaque fibre de son corps. Il était interdit sous peine de mort de faire du feu, et, quand bien même ç'eût été permis, le plateau étant situé bien au-dessus de la limite de la forêt, il n'y avait pas à des kilomètres à la ronde la moindre brindille qu'Egger aurait pu faire brûler. Parfois, il allumait le petit réchaud à essence sur lequel il réchauffait ses conserves. Mais ses flammes minuscules ne faisaient que le narguer. Elles lui brûlaient le bout des doigts, et le reste de son corps se gelait d'autant plus. Egger redoutait les nuits. Il se recroquevillait dans son sac de couchage, et le froid lui tirait les larmes des yeux. Parfois, il rêvait. Des rêves confus émergeaient de la tourmente neigeuse de son esprit, pleins de souffrances et de trognes grimaçantes qui défilaient à toute allure. Une nuit, il s'éveilla d'un de ces rêves avec l'impression qu'un être animé s'était faufilé dans sa tente et le fixait. « Doux Jésus ! » souffla-t-il tout bas en attendant que les battements de son cœur s'apaisent lentement. Il se glissa hors de son duvet et s'extirpa de la tente. Le ciel était sans étoiles, d'un noir intense. Autour de lui, tout était plongé dans l'obscurité et complètement silencieux. Egger s'assit sur une pierre et scruta les ténèbres. De nouveau, il entendit battre son cœur et, à ce moment précis, il sut qu'il n'était pas seul. Il ne pouvait pas dire d'où venait ce sentiment, il ne voyait que nuit noire et n'entendait que les battements de son cœur, mais quelque part, là-dehors, il sentait la proximité d'un autre être vivant. Il n'avait aucune idée du temps qu'il avait passé assis devant sa tente, à tendre l'oreille dans l'obscurité, mais, avant même qu'un pâle rai de lumière n'apparût au-dessus des montagnes, il savait où se trouvait son vis-à-vis : de l'autre côté de la gorge qui délimitait le plateau à l'ouest, un ressaut rocheux saillait de la paroi, environ à trente mètres à vol d'oiseau, à peine assez large pour offrir un point d'appui à une chèvre. Sur le ressaut se dressait un soldat russe, dont la silhouette se profilait à présent rapidement dans la clarté montante de l'aube. Il était planté là, inexplicablement figé, et regardait vers Egger, qui, de son côté, n'osait pas faire un geste, assis sur sa pierre. Le soldat était jeune et il avait ce teint laiteux des petits gars de la ville. Son front lisse était tout blanc, ses yeux singulièrement obliques. Il portait son arme, le fusil des cosaques sans baïonnette, en bandoulière sur l'épaule, sa main droite reposant calmement sur la crosse. Le Russe regardait Egger, Egger regardait le Russe, et tout autour d'eux il n'y avait rien d'autre que le silence d'un matin d'hiver caucasien. Après coup, Egger n'aurait pu dire qui des deux bougea le premier, toujours est-il qu'un sursaut parcourut le corps du soldat et qu'Egger se leva. Le Russe ôta sa main de la crosse de son fusil et s'essuya le front de sa manche. Puis il tourna les talons, gravit quelques mètres d'un pas leste et disparut là-haut, entre les rochers, sans jeter un dernier coup d'œil alentour.

Egger resta là debout un moment à réfléchir. Il réalisait qu'il s'était trouvé face à son ennemi mortel, n'empêche que, après la disparition de celui-ci, il ressentait sa solitude encore plus âprement qu'avant.

Les premiers temps, les deux autres soldats étaient venus comme promis renouveler régulièrement les provisions de nourriture ou lui apporter si nécessaire une paire de chaussettes de laine ou un foret neuf, ainsi que des nouvelles du front (la situation était instable, là on perdait du terrain, ici on en gagnait, en gros, on ne savait pas très bien où on en était). Mais, au bout de quelques semaines, leurs visites cessèrent, et vers la fin décembre – d'après les calculs d'Egger qui taillait chaque jour une encoche dans une plaque de glace avec le foret, ce devait être le deuxième jour après Noël – l'idée l'effleura pour la première fois qu'ils ne reviendraient plus. Quand une deuxième semaine se fut écoulée sans qu'ils se manifestent, le jour du premier janvier dix-neuf cent quarante-trois très exactement, il entreprit de regagner le camp sous les rafales de neige. Il suivit le chemin qu'ils avaient emprunté dans l'autre sens presque deux mois auparavant et fut soulagé de voir bientôt scintiller le rouge familier des croix gammées. Mais il ne lui fallut pas deux secondes pour réaliser brutalement que ce n'étaient pas des croix gammées sur les fanions fichés dans le sol devant lui pour délimiter le camp, mais les insignes de l'Union des républiques socialistes soviétiques. Egger ne dut la vie qu'à sa présence d'esprit, il arracha prestement son fusil de son dos et l'expédia au diable, le plus loin possible. Il vit l'arme disparaître avec un bruit sourd dans la neige et, un battement de cils après, il entendit les cris des sentinelles qui accouraient vers lui. Il leva les mains, s'affala sur les genoux et baissa la tête. Il sentit un coup dans la nuque et bascula vers l'avant en entendant les basses des voix russes résonner au-dessus de lui, tels des bruits inintelligibles, venus d'un autre monde.

Pendant deux jours, Egger croupit en compagnie de deux autres prisonniers dans un caisson de bois aux planches hâtivement clouées et isolées par du feutre, d'un mètre et demi de long et de large, et de même pas un mètre de haut. La plupart du temps, il regardait à l'extérieur par une fente entre les planches, tentant de lire dans les mouvements du dehors quelque indice sur les intentions des Russes et sur son propre avenir. Quand, le troisième jour enfin, dans un bruit de grincement, les clous furent arrachés du bois et qu'une des cloisons de planches s'écroula à l'extérieur, la clarté de la lumière hivernale lui transperça si vivement les yeux qu'il craignit de ne plus jamais pouvoir les rouvrir. Il y parvint cependant au bout d'un temps, mais cette sensation de clarté éblouissante, qui, lui semblait-il, emplissait même ses nuits, perdura longtemps après la fin de sa captivité et ne se dissipa entièrement que bien des années après son retour au pays.

Le transport dans un camp près de Vorochilovgrad dura six jours, qu'Egger passa au milieu d'un tas de prisonniers amassés sur la plate-forme découverte d'un camion. Ce fut un voyage terrible. Par des journées froides et des nuits glaciales, il les conduisait sous un ciel couvert, zébré de canonnades, à travers de vastes champs enneigés à perte de vue dans les sillons desquels émergeaient les membres raidis par le gel des hommes et des chevaux. Assis au bord de la rampe arrière, Egger voyait défiler les innombrables croix de bois qui jonchaient les bords de route. Il pensait au petit livre que Marie lui avait lu si souvent et se disait que le paysage hivernal qui y était décrit avait fort peu à voir avec ce monde-là, gelé et blessé.

Un des prisonniers, un petit homme trapu qui essayait de protéger sa tête du froid sous les lambeaux élimés d'une couverture de cheval, disait que les croix n'étaient pas si tristes que ça, elles étaient autant de flèches indiquant la voie directe d'accès au ciel. L'homme se nommait Helmut Moidaschl et il était d'un naturel rieur. Il riait de la neige qui leur fouettait le visage, il riait des croûtons de pain durs comme des briques qu'un sac leur déversait sur la plate-forme du camion. Ce pain-là était plutôt fait pour construire de bonnes maisons en dur, disait-il en éclatant d'un rire si contagieux que leurs deux gardes russes s'y mettaient à leur tour. Parfois, il faisait des signes de main aux vieilles femmes qui fouillaient les cadavres couverts de neige, cherchant des vêtements utilisables ou de la nourriture. Puisqu'on allait en enfer, autant rire avec les diables, disait-il, ça ne coûtait pas plus cher et ça vous facilitait la vie.

Helmut Moidaschl fut le premier d'une longue série de prisonniers qu'Egger vit périr à Vorochilovgrad. Dès la nuit qui suivit leur arrivée, il fut pris d'une violente fièvre, et ses cris étouffés par ses lambeaux de couverture retentirent pendant des heures dans le baraquement. Le lendemain matin, on le trouva couché mort dans un coin, à moitié nu, ramassé sur lui-même, les deux poings pressés sur les tempes.

Au bout de quelques semaines, Egger cessa de compter les morts qu'on enterrait dans un petit bois de bouleaux, derrière le camp. La mort faisait partie de la vie comme les moisissures faisaient partie du pain. La mort, c'était la fièvre. La mort, c'était la faim. C'était une fissure dans le mur de la baraque, qui laissait passer le sifflement du vent.

Egger était affecté à une équipe d'une centaine de prisonniers. Ils travaillaient dans la forêt ou dans la steppe, coupaient du bois, érigeaient des murets avec les pierres des champs, aidaient à la récolte de pommes de terre ou enterraient les morts de la nuit précédente. L'hiver, il dormait avec quelque deux cents autres soldats dans le baraquement. Aussitôt que les températures le permettaient, il s'étendait dehors sur un tas de paille. Depuis que, lors d'une chaude nuit d'été, quelqu'un avait une fois par mégarde allumé la lumière électrique et qu'une pluie de punaises avait dégringolé du plafond, il préférait dormir à la belle étoile.

Il apprit la fin de la guerre dans une des latrines collectives où, cerné par un essaim de mouches luisantes et verdâtres, il trônait sur une planche au-dessus de la fosse d'aisances, quand la porte s'ouvrit sans prévenir et qu'un Russe passa la tête en hurlant « Hitler kaputt ! Hitler kaputt ! ». Comme Egger restait assis en silence sans réagir, le Russe referma bruyamment la porte et s'éloigna en riant. Son rire déclina et résonna encore un moment, avant que ne retentisse le rugissement de la sirène de l'appel.

Il ne fallut pas trois semaines à Egger pour oublier l'euphorie du gardien et les espoirs qu'elle avait suscités en lui. La guerre était bel et bien terminée, mais le fait demeurait sans incidence notable sur la vie au camp. Le travail était inchangé, le brouet de millet plus clair que jamais, et les mouches volaient toujours imperturbablement autour des poutres des chiottes. D'ailleurs, aux dires de nombreux prisonniers, la fin de la guerre ne serait que provisoire. Hitler était peut-être mort, expliquaient-ils, mais un illuminé en cachait toujours un autre, pire encore, fin prêt à prendre la relève ; ce n'était qu'une question de temps, et tout ça repartirait de plus belle.

Lors d'une nuit d'hiver inhabituellement douce, Egger, assis devant le baraquement et emmitouflé dans sa couverture, écrivit une lettre à sa femme Marie. En nettoyant un village incendié, il avait trouvé une feuille de papier presque intacte et un petit bout de crayon ; il écrivait lentement, à grosses lettres tremblées.

Ma chère Marie,

Je t'écris de Russie. Ce n'est pas si mal que ça, ici. Il y a du travail et à manger, et comme il n'y a pas de montagnes, le ciel s'étend plus loin que le regard peut porter. C'est le froid qui est terrible. Ce n'est pas le même froid qu'à la maison. Si seulement j'avais un de ces petits sacs de pétrole, que j'avais en masse, ce jour-là, je serais déjà bien content. Mais je ne vais pas me plaindre. Il y en a plus d'un, couché là dans la neige, raide et froid, pendant que moi je regarde les étoiles. Peut-être que tu vois les étoiles, toi aussi. Il faut que je finisse malheureusement. J'écris lentement, et le jour se lève déjà derrière les collines.

Ton Egger

Il plia et replia la lettre en tout petits morceaux, puis il l'enterra dans le sol à ses pieds. Ensuite, il prit sa couverture et rentra dans le baraquement.

Il s'écoula encore près de six années avant que ne s'achève le temps d'Egger en Russie. Rien n'avait annoncé leur libération, mais, un beau jour de l'été dix-neuf cent cinquante et un, les prisonniers furent rassemblés tôt le matin devant les baraquements et reçurent l'ordre de se déshabiller et d'entasser leurs vêtements les uns sur les autres. Ce gros tas puant fut arrosé d'essence, puis allumé, et, tandis que les hommes fixaient les flammes, leurs visages trahissaient leur terreur d'être fusillés sur-le-champ ou d'un sort plus terrible encore. Mais les Russes riaient et parlaient fort à tort et à travers, et quand l'un d'eux saisit un prisonnier aux épaules, l'enlaça et se mit à effectuer avec ce fantomatique squelette nu un grotesque pas de deux autour du feu, la plupart sentirent que ce jour serait un jour faste.

Pourvus chacun de vêtements propres et d'un quignon de pain, les hommes quittèrent le camp dans l'heure même, pour s'acheminer vers la gare de chemin de fer la plus proche. Egger s'était glissé à l'un des derniers rangs. Juste devant lui marchait un jeune homme aux grands yeux un peu effrayés, qui, dès les premiers mètres, dévora son pain à bouchées avides. Quand il en eut avalé le dernier morceau, il se retourna encore une fois et jeta un coup d'œil au camp qui était déjà des kilomètres en arrière et qu'on ne distinguait presque plus dans le poudroiement du soleil. Il grimaça un sourire et ouvrit la bouche pour dire quelque chose, mais il n'en sortit qu'un son étranglé, et il éclata en sanglots. Il pleurait, il sanglotait, les larmes et la morve laissaient de larges traînées sur ses joues sales. Un des hommes d'âge mûr, un grand gaillard à la tignasse blanche et au visage grêlé, s'approcha du garçon, passa un bras autour de ses épaules secouées de sanglots et lui demanda d'arrêter de chialer pour l'amour du ciel, vu que, premièrement, il n'en retirerait pour sa part qu'un col de chemise complètement trempé et que, deuxièmement, ce genre de lamentation était plus contagieux que la peste et le choléra réunis, et il n'avait aucune envie de se farcir une marche de retour de quelques milliers de kilomètres au milieu d'un concert de femmelettes éplorées. Surtout qu'il valait mieux réserver ses larmes pour la maison, où on aurait encore de bonnes raisons de chialer. Le jeune homme cessa de pleurer ; Egger, qui marchait deux pas derrière lui, entendit encore longtemps après le bruit sec de ses sanglots ravalés, mêlé à celui des dernières miettes de pain qu'il ingurgitait avec peine.

*

À son retour au pays, Egger logea les premiers temps dans une remise en bois accolée au nouveau bâtiment de l'école, que la commune lui avait généreusement cédée sur intervention du maire. Le maire n'était plus nazi maintenant, à la place des croix gammées les géraniums ornaient de nouveau les fenêtres des maisons ; cela mis à part, le village avait beaucoup changé. On avait élargi la route. Plusieurs fois par jour, souvent même à intervalles rapprochés, retentissaient des ronflements de moteurs à l'approche, mais c'étaient de plus en plus rarement les gros diesels monstrueux d'antan, puants et fumants. De rutilants bolides de toutes les couleurs s'engouffraient à présent dans la vallée et venaient cracher sur la place du village leur lot de randonneurs, de skieurs et d'excursionnistes. De nombreux paysans louaient des chambres, les poules et les cochons avaient déserté la plupart des étables. À leur place se dressaient maintenant des skis et des bâtons ; au lieu de la fiente ou du lisier, ça sentait le fart. Le Chamois d'or avait à présent de la concurrence. Il ne se passait pas de jour sans que le patron du Chamois maudît l'auberge Chez Mitterhofer qui s'était ouverte juste en face, et dont le narguaient la façade crépie vert tilleul et l'enseigne au resplendissant « Gruess Gott ». Il haïssait le vieux Mitterhofer. Il se refusait à admettre qu'un bouseux puisse avoir soudain l'idée de mettre sa fourche au rebut et de remplacer ses bovins par des touristes. « Un cul-terreux est un cul-terreux, ça fera jamais un aubergiste ! » disait-il, mais, en secret, il devait bien reconnaître que, loin de gâcher le commerce, la concurrence le stimulait. Lorsqu'il mourut, un peu gâteux, à la fin des années soixante, le vieillard légua à son unique fille, en sus du Chamois d'or, trois auberges, plusieurs hectares de terre, le bowling au-dessous des étables de l'ancienne ferme Loidoldt et une participation à deux télésièges, ce qui fit soudain de cette célibataire endurcie à la quarantaine bien sonnée un des partis les plus convoités de la vallée.

Egger accueillit toutes ces transformations sans mot dire, un peu étonné. La nuit, il entendait grincer au loin les pylônes métalliques le long des pentes qui s'appelaient maintenant des pistes ; le matin, il était souvent réveillé par le vacarme des écoliers au bout de son lit, de l'autre côté du mur, lequel s'interrompait tout net quand le maître mettait les pieds dans la classe. Il se souvenait de sa propre enfance, de ses quelques années d'école qui s'étiraient alors à perte de vue devant lui et qui lui paraissaient maintenant aussi brèves et aussi fugaces qu'un battement de cils. Du reste, le temps le déconcertait. Le passé semblait se distordre et partir dans toutes les directions ; les choses et leur déroulement se brouillaient dans son souvenir ou prenaient un tour bizarre, voire un autre poids. Il avait passé beaucoup plus de temps en Russie qu'avec Marie, et pourtant ces années dans le Caucase et à Vorochilovgrad lui semblaient rétrospectivement à peine plus longues que les derniers jours vécus avec elle. L'époque des téléphériques se rétrécissait après coup pour ne plus faire qu'une seule longue saison, alors qu'il avait l'impression d'avoir passé la moitié de sa vie suspendu au-dessus d'une barre d'étable, les yeux rivés au sol, son petit derrière blanc tendu vers le ciel nocturne.

Quelques semaines après son retour de la guerre, Egger tomba sur le vieux Kranzstocker. Il était assis devant sa ferme sur un tabouret de traite branlant, Egger le salua en passant. Kranzstocker leva lentement la tête, et il lui fallut un moment pour reconnaître Egger. « C'est toi, dit-il de cette voix éraillée des vieillards. Justement toi ! » Egger s'arrêta et observa le vieux affaissé sur son trépied, qui levait sur lui des yeux pisseux. Ses mains qui reposaient sur ses genoux étaient décharnées comme du bois sec, sa bouche entrouverte semblait totalement édentée. Egger avait appris que deux de ses fils n'étaient pas revenus de la guerre, sur quoi le vieux avait tenté de se pendre au chambranle de la porte du garde-manger. Le bois vermoulu avait cédé sous son poids, Kranzstocker avait survécu. Depuis, le vieux fermier passait son temps à appeler la mort de ses vœux. Il la voyait tapie dans tous les coins et, chaque soir, il sentait qu'avec la nuit tombante le repos éternel lui tomberait pareillement dessus. Mais le lendemain, chaque fois, il se réveillait, encore plus malade, encore plus maussade, encore plus rongé par son macabre désir.

« Viens par là, dit-il, le cou tendu en avant comme les poules. Fais voir de quoi t'as l'air ! » Egger fit un pas vers lui. Les joues du vieux étaient caves, et ses cheveux, jadis d'un noir de jais, pendouillaient autour de son crâne, blancs et fins comme des fils de toile d'araignée. « Moi, je n'en ai plus pour longtemps, la mort n'oublie personne, dit-il. Tous les jours, je l'entends arriver au coin de la rue, mais, chaque fois, c'est juste la vache du voisin ou un chien ou l'ombre d'une des âmes qui rôdent par là ! » Egger resta figé sur place. Une seconde, il eut l'impression d'être redevenu enfant et eut peur que le vieillard ne se lève et ne se dresse devant lui de toute sa masse d'antan. « Et aujourd'hui, te voilà, toi ! poursuivit le fermier. Un gars comme toi se pointe comme ça au coin de la rue, alors qu'il y en a d'autres qui se pointeront plus nulle part. C'est comme ça avec la justice. J'étais le Kranzstocker autrefois, et regarde un peu ce que je suis devenu : une vieille carcasse pourrie dans laquelle y a tout juste assez de vie pour l'empêcher de tomber en poussière sur place. Toute ma vie, j'ai marché la tête haute, je l'ai baissée que devant le Seigneur, pour personne d'autre. Et comment est-ce qu'il me remercie ? En me prenant deux fils. En m'arrachant la chair de ma chair et le sang de mon sang ! Et ça lui suffit pas, à ce salopard, il n'a pas encore pressé jusqu'à la dernière goutte ma vie de vieux paysan, alors il me laisse croupir du matin au soir devant ma ferme, à attendre la mort.

Je m'use la peau des fesses sur mon trépied, et les seuls qui se pointent, c'est des bestioles, une poignée d'ombres, et toi, justement toi ! »

Kranzstocker baissa les yeux sur sa main et ses doigts secs et tavelés. Il respirait difficilement, avec de légers râles. Brusquement, il leva la tête. Une main fulgurante surgit de son buste et saisit Egger à l'avant-bras.

« Maintenant tu peux y aller ! cria-t-il d'une voix tremblante d'excitation. Maintenant tu peux frapper ! Frappe-moi, tu m'entends ? Allons, frappe-moi ! Je t'en prie, frappe-moi, tue-moi enfin ! » Egger sentit les doigts du vieux s'agripper à son bras, et l'effroi lui glaça le cœur. Il se dégagea et recula d'un pas. Kranzstocker laissa retomber sa main et resta prostré là, silencieux, les yeux rivés de nouveau au sol. Egger tourna les talons et partit.

En suivant la route qui se terminait peu après le village, il avait un étrange sentiment de vide au niveau de l'estomac. Tout au fond de lui, le vieux paysan lui faisait pitié. Il revoyait le trépied et lui souhaitait une chaise et une chaude couverture ; en même temps, il souhaitait sa mort. Il continua par un étroit sentier de montagne jusqu'à la combe du Pichler. Là-bas en haut, le sol était souple, l'herbe foncée et courte. À l'extrémité des brins d'herbe tremblaient des gouttes d'eau, tout le pré scintillait, comme semé de perles de verre. Egger contempla avec étonnement ces minuscules gouttes tremblotantes qui s'accrochaient, tenaces, aux brins d'herbe, pour finir par tomber inexorablement et s'infiltrer dans la terre ou s'évaporer dans les airs.

Kranzstocker ne trouva la délivrance que bien des années après, un jour d'automne de la fin des années soixante, alors qu'il écoutait la radio dans sa cuisine, devenu l'ombre de lui-même. Pour parvenir à entendre un peu quelque chose, il s'était affalé le buste couché sur la table et pressait son oreille gauche contre le haut-parleur. Quand le speaker annonça la retransmission d'une fanfare de cuivres, le vieux poussa un cri, se frappa le torse du poing à plusieurs reprises et glissa enfin raide mort de sa chaise au son et au rythme des cuivres.

Pendant l'enterrement, il pleuvait des cordes, le cortège funèbre pataugeait dans la boue jusqu'aux chevilles et progressait péniblement sur la route. Egger, qui avait déjà dépassé la soixantaine à cette époque, marchait au tout dernier rang. Il pensait à ce paysan qui, une vie durant, avait cru trouver son bonheur en frappant son monde. Quand ils passèrent sous une pluie battante devant la petite auberge de l'ancienne ferme Achmandl, un rire sonore d'enfant s'éleva, prodigieusement net. Une des fenêtres était entrouverte et scintillait d'une lumière claire. Dans la salle, le petit du patron était assis devant un énorme téléviseur, le visage collé à l'écran. Sur son front vacillait le reflet des images télévisées, d'une main il serrait fort l'antenne, tandis que, de l'autre, il se frappait les cuisses de rire. Il riait tellement qu'Egger pouvait distinguer à travers le rideau de pluie ses postillons chatoyants qui aspergeaient l'écran. Il eut envie de s'arrêter, d'appuyer son front contre la vitre et de rire avec lui. Mais le cortège funèbre poursuivait son chemin, sombre et muet. Egger voyait devant lui les épaules rentrées des endeuillés, d'où la pluie dégoulinait en fines rigoles. Tout à l'avant, le corbillard tanguait comme un navire dans le crépuscule naissant, pendant que, derrière eux, le rire de l'enfant décroissait peu à peu.

Bien qu'il eût maintes fois réfléchi à la question au cours de sa vie, Egger ne s'acheta jamais de téléviseur. Le plus souvent, il lui manquait l'argent ou la place ou le temps, et de toute façon, en fin de compte, il n'avait pas l'impression de réunir les conditions nécessaires à ce type d'investissement. Par exemple, il était quasiment incapable de cette force d'inertie qui collait la plupart des gens pendant des heures devant ce scintillement, dont il supposait à part lui qu'il devait, à force, vous abîmer la vue et vous amollir le cerveau. Toutefois, la télévision lui offrit deux moments mémorables, qu'il exhumait plus tard régulièrement des profondeurs de son souvenir et considérait toujours avec un agréable petit sentiment d'effroi. Il vécut le premier, un soir, dans l'arrière-salle du Chamois d'or, où trônait depuis quelque temps un téléviseur flambant neuf de la marque Imperial. Egger n'était pas allé à l'auberge depuis des mois, d'où son étonnement lorsque, au lieu de l'habituelle rumeur de la salle, il fut cueilli en entrant par les voix un peu nasillardes de la télévision qui se superposaient à un petit ronronnement continu. Il gagna le fond de la salle, où sept ou huit personnes réparties aux diverses tables fixaient, fascinées, l'appareil grand comme un buffet. Pour la première fois de sa vie, Egger voyait des images télévisées de très près. Avec une évidence qui tenait de la magie, elles se mouvaient devant ses yeux et transportaient dans l'arrière-salle poussiéreuse du Chamois d'or un monde dont il n'avait jamais eu la moindre idée. Il voyait d'étroites maisons tout en hauteur, dont les toits s'élevaient dans le ciel comme des stalactites inversées. Des fenêtres pleuvaient des filaments de papier, et les gens dans les rues riaient, criaient, lançaient leur chapeau en l'air : ils paraissaient positivement fous de joie. Avant qu'Egger eût pu saisir tout cela, l'écran fut déchiré par une explosion silencieuse, mais se reconstitua toutefois à peine une seconde après, en affichant une scène complètement nouvelle. Assis sur des bancs de bois, des hommes en bras de chemise et en bleu de travail observaient une fillette à la peau mate d'une dizaine d'années agenouillée dans une cage, qui flattait la crinière d'un lion étendu devant elle. L'animal bâilla, montrant l'intérieur de sa gueule barrée de fils de salive ténus. Le public applaudit, la fillette se serra contre le corps du lion – on eut un instant l'impression qu'elle allait disparaître dans sa crinière. Egger rit. Il le fit plutôt par gêne, parce qu'il n'avait aucune idée de la manière dont on devait se comporter en présence d'autrui devant un téléviseur. Il avait honte de son ignorance. Il se faisait l'effet d'un enfant en train d'observer les actions incompréhensibles des adultes : tout était intéressant d'une certaine manière, mais rien de cela ne paraissait le concerner personnellement.

Mais ensuite il vit quelque chose qui le toucha jusqu'au fond du cœur. Une jeune femme descendait d'un avion. Ce n'était pas une femme quelconque qui descendait l'étroite passerelle menant à la piste d'atterrissage, c'était l'être le plus beau qu'il eût jamais vu de sa vie. Elle s'appelait Grace Kelly, un nom qui rendait un son étrange et incroyable aux oreilles d'Egger et qui, pourtant, lui paraissait être le seul possible. Elle portait un manteau court et faisait des signes à une foule compacte de gens massés sur le terrain d'aviation. Une poignée de reporters surgit en courant, et, tandis qu'elle répondait aux questions qu'ils lui posaient sans reprendre leur souffle, la lumière du soleil coula sur sa chevelure blonde et sur son cou mince et lisse. Egger frémit à la pensée que cette chevelure et ce cou n'étaient pas simplement le fruit de son imagination, mais qu'il y avait peut-être une personne quelque part en ce monde qui les avait touchés du bout des doigts ou y avait peut-être même passé sa main. Grace Kelly fit de nouveau signe, elle riait, la bouche grande ouverte et toute sombre. Egger se leva et quitta l'auberge. Il erra au hasard dans les rues du village, avant d'aller finalement s'asseoir sur les marches à l'entrée de la chapelle. Contemplant la terre battue, tassée par des générations de pécheurs, il attendit que son cœur retrouve son calme. Le sourire de Grace Kelly et la tristesse qui se lisait dans ses yeux avaient bouleversé son âme, il ne comprenait pas ce qui lui arrivait. Longtemps, il resta assis là, jusqu'à ce qu'enfin, bien après la tombée de la nuit, il se rende compte du froid qu'il faisait et se décide à rentrer chez lui.

On était à la fin des années cinquante. Ce ne fut que beaucoup plus tard, pendant l'été dix-neuf cent soixante-neuf pour être précis, qu'Egger fit une deuxième expérience marquante, encore que d'un tout autre genre, avec la télévision, qui, à cette époque déjà, constituait dans la plupart des foyers le point de mire et l'intérêt majeur des veillées familiales. Assis cette fois avec environ cent cinquante autres villageois dans la grande salle du nouveau foyer communal, il regardait deux jeunes Américains débarquer sur la Lune pour la première fois. Durant presque toute la retransmission, un silence tendu régna dans la salle, mais Neil Armstrong avait à peine mis un pied sur le sol poussiéreux de la Lune que tous explosèrent en clameurs de joie, et, pendant quelques instants, ce fut comme si un poids indéfinissable glissait de toutes ces lourdes épaules de paysans. Ensuite, il y eut une tournée de bière pour les adultes, du jus de fruits et des beignets pour les enfants, et un membre du conseil municipal souligna dans une brève allocution les entreprises inouïes qui seules permettaient de tels miracles et propulseraient sans doute encore l'humanité on ne savait où. Egger applaudit comme tout le monde et, tandis que, dans le poste de télévision, se mouvaient toujours les apparitions fantomatiques des Américains, qui, curieusement, déambulaient au-dessus de leurs têtes sur la surface lunaire juste à cet instant, il se sentit mystérieusement proche et solidaire des gens de ce village, ici-bas sur cette terre nocturne, dans cette salle du foyer communal qui sentait encore le mortier frais.

Le jour même de son retour de Russie, Egger s'était rendu au campement de l'entreprise Bittermann & Fils. S'il s'était renseigné au préalable, il aurait pu se dispenser d'y aller. Les baraquements avaient disparu. Le campement était fermé. Çà et là, une trace de béton ou une poutre en bois couverte d'herbes folles indiquaient que des gens avaient travaillé et vécu ici, autrefois. L'emplacement où siégeait jadis le fondé de pouvoir derrière son bureau était jonché de petites fleurs blanches.

Au village, Egger apprit que l'entreprise avait fait faillite immédiatement après la fin de la guerre. Un an auparavant, les quelques ouvriers restants avaient été transférés, l'entreprise ayant répondu à l'appel désespéré de la mère patrie et recyclé sa production de pylônes d'acier et de treuils à câbles en production d'armes. Le vieux Bittermann, qui était un patriote fervent et avait laissé, pendant la Première Guerre mondiale, un bras et un éclat de sa pommette droite dans une tranchée du front de l'Ouest, se spécialisa dans la fabrication de canons de carabines et de joints à rotule pour les canons d'assaut. Les joints étaient de bonne qualité, mais une partie des magasins se voilait à l'extrême chaleur, ce qui provoqua quelques terribles accidents au front et persuada finalement le vieux Bittermann qu'il portait une responsabilité non négligeable dans la perte de la guerre. Il se tira une balle dans la tête dans un petit bois derrière sa maison – avec le vieux fusil de chasse de son père pour plus de sûreté. Quand le garde forestier découvrit son cadavre sous un pommier sauvage biscornu, son regard fut attiré par l'éclat d'une plaque de métal qui sortait du crâne explosé, sur laquelle était gravée la date du *23.11.1917*.

D'autres sociétés construisaient et entretenaient maintenant les téléphériques, mais, partout où il se présenta, Egger fut promptement éconduit. On n'avait plus vraiment d'emploi pour lui, disait-on. Les quelques années d'après-guerre avaient suffi à rendre obsolètes nombre d'anciennes tâches, il n'y avait malheureusement plus de place pour lui et ses semblables dans la technologie des transports modernes.

Assis le soir chez lui au bord de son lit, Egger examina ses mains. Lourdes et sombres comme la tourbe, elles reposaient sur ses genoux. Leur peau était tannée, plissée de rides comme celle d'un animal. Les nombreuses années aux champs et dans les forêts avaient laissé des cicatrices ; et chacune d'elles aurait pu conter une maladresse, un effort ou une réussite, si Egger avait pu se souvenir de leur histoire. Depuis la nuit où il avait creusé la neige pour trouver Marie, les ongles de ses doigts étaient fendillés et incarnés. L'ongle d'un des pouces était noir et un peu bosselé en son milieu. Egger leva ses mains vers son visage et en examina la peau du dos, qui à certains endroits ressemblait à du lin froissé. Il vit les callosités au bout des doigts et les protubérances noueuses aux articulations. Dans les fissures et les rainures s'était incrustée une crasse dont ni la brosse à crin ni le savon noir ne pouvaient venir à bout. Egger voyait les veines saillir sous la peau et, quand il leva les mains vers la fenêtre dans le clair-obscur, il vit qu'elles tremblaient très légèrement. C'étaient des mains de vieillard, il les laissa retomber.

Egger vécut un certain temps de l'indemnité de démobilisation des prisonniers de guerre de retour au pays. Mais, cet argent suffisant à peine au strict nécessaire, il fut obligé, comme il l'avait fait jadis jeune homme, d'accepter tous les travaux d'appoint qui se présentaient. Comme autrefois, il se faufilait dans les caves ou dans le foin, coltinait des sacs de patates, trimait dans les champs ou nettoyait les quelques étables ou porcheries qui restaient. Il pouvait encore se mesurer aux collègues plus jeunes et, certains jours, se faisait charger sur le dos des tas de foin impressionnants de trois mètres de haut, qu'il descendait lentement, d'un pas lourd et vacillant, sur les prés de fourrage escarpés. Il n'empêche que, le soir, il s'écroulait dans son lit, persuadé qu'il ne pourrait plus jamais s'en extirper. Sa jambe tordue était maintenant pratiquement insensible au niveau du genou, et chaque fois qu'il tournait la tête, même d'un centimètre, sur le côté, une douleur aiguë le saisissait dans la nuque et le parcourait jusqu'au bout des doigts comme un fil brûlant, ce qui le forçait à attendre le sommeil allongé sur le dos, complètement immobile.

Un matin d'été de l'année dix-neuf cent cinquante-sept, Egger se glissa hors de son lit bien avant le lever du soleil et sortit à l'air libre. Ses douleurs avaient chassé le sommeil, bouger dans la fraîcheur nocturne lui faisait du bien. Il alla sur le sentier de chèvres qui longeait l'alpage communal dont les courbes s'arrondissaient au clair de lune, contourna les deux blocs rocheux qui en émergeaient tels des dos d'animaux assoupis, et, après avoir grimpé près d'une heure entre les formations rocheuses en terrain de moins en moins praticable, il parvint finalement sous la pointe du Crevassier. Le jour se levait, au loin les sommets enneigés commençaient à rougeoyer. Egger allait s'asseoir pour découper avec son canif un morceau de sa semelle de cuir déchirée, quand, derrière un rocher, surgit un vieil homme qui vint vers lui les bras tendus. « Monsieur, cher monsieur ! cria-t-il. Vous êtes bien réellement un être humain, n'est-ce pas ?

– Je crois que oui », répondit Egger en voyant une deuxième créature, une vieille femme cette fois, sortir en trébuchant de derrière le rocher. Hagards, tremblants d'épuisement et de froid, tous deux faisaient peine à voir.

L'homme, qui était sur le point de se précipiter sur Egger, aperçut le couteau dans sa main et s'arrêta net.

« Vous n'avez tout de même pas l'intention de nous tuer ? dit-il, épouvanté.

– Dieu du Ciel, aie pitié de nous », marmonna la femme derrière lui.

Egger rengaina son couteau sans mot dire et dévisagea les deux vieux qui le fixaient, les yeux exorbités.

« Cher monsieur, répéta l'homme, qui semblait au bord des larmes, nous avons erré toute la nuit dans ce coin perdu où il n'y a que des pierres !

– Que des pierres ! confirma la femme.

– Plus que d'étoiles dans le ciel !

– Que Dieu aie pitié de nous.

– Nous nous sommes perdus.

– Il faisait nuit noire, et un froid !

– Que des pierres ! » dit le vieil homme, à qui quelques larmes venaient effectivement aux yeux maintenant, puis roulaient même une à une sur sa joue et sur son cou. Sa femme implora Egger du regard.

« Mon mari voulait déjà se coucher pour attendre la mort.

– Nous nous nommons Roskovic, dit le vieux, nous sommes mariés depuis quarante-huit ans. Cela fait presque un demi-siècle. Alors on sait à quoi s'en tenir et ce qu'on est l'un pour l'autre, comprenez-vous, monsieur ?

– Pas vraiment, dit Egger. D'ailleurs, je ne suis pas un monsieur. Mais si vous voulez, je peux vous ramener dans la vallée. »

Quand ils furent arrivés au village, monsieur Roskovic tint à serrer dans ses bras Egger qui résistait un peu.

« Merci ! dit-il tout ému.

– Oui, merci ! répéta sa femme.

– Merci ! Merci !

– Je vous en prie », dit Egger en reculant d'un pas. En descendant de la pointe du Crevassier, l'angoisse et le désespoir du couple s'étaient rapidement dissipés, et, aux premiers rayons du soleil réchauffant leurs visages, leur fatigue parut s'envoler d'un coup. Egger leur avait montré comment aspirer la rosée de l'herbe des alpages pour étancher leur soif, et ils avaient marché derrière lui en babillant presque sans interruption comme des enfants.

« Nous voulions vous demander, dit Roskovic, si vous pourriez nous guider un peu en montagne. Vous avez l'air de connaître la région comme votre poche.

– Pour des gens comme nous, une course en montagne n'est pas une promenade ! renchérit sa femme.

– Juste quelques jours. Histoire de monter au sommet et d'en redescendre. Ne vous faites pas de souci pour la rémunération, je tiens à ma réputation ! Alors, qu'en dites-vous ? »

Egger pensa aux jours à venir. Il avait quelques stères de bois à couper et un champ de patates ravagé par la pluie à labourer de nouveau. Il pensa aux horribles mancherons de la charrue qui lui mettaient en quelques heures les doigts à vif en dépit des callosités les plus endurcies.

« Oui, dit-il. Ça pourrait se faire. »

Pendant toute une semaine, Egger mena les deux vieilles gens sur des sentiers de plus en plus ardus pour leur montrer les beautés de la région. Ce travail lui plaisait. Marcher en montagne était pour lui un jeu d'enfant, et l'air des cimes chassait les pensées noires de son esprit. Un aspect non moins agréable était qu'on parlait peu : d'une part, il n'y avait pas grand-chose à dire, de l'autre, les deux vieux dans son sillage étaient trop essoufflés pour soutirer de vaines paroles à leurs poumons légèrement sifflants.

La semaine écoulée, le couple prit congé avec effusion et monsieur Roskovic lui glissa quelques billets dans la poche de sa veste. Ils avaient les larmes aux yeux, sa femme et lui, quand ils montèrent en voiture, pour disparaître dans la brume du petit matin sur la route qui les ramenait au bercail.

Egger avait pris goût à cette nouvelle activité. Flanqué d'une pancarte de sa confection comportant les informations qu'il jugeait indispensables et susceptibles d'intéresser les touristes à ses offres de service, il se posta juste à côté de la fontaine sur la place du village et attendit.

SI VOUS AIMEZ LES MONTAGNES
VOUS ÊTES À LA BONNE ADRESSE.

Je connais la nature depuis
l'enfance, et je propose :

Des randonnées avec ou sans bagages
Des excursions (à la demi-journée ou à la journée)
De l'escalade
Des promenades en montagne pour personnes
d'un certain âge, handicapés et enfants
En toute saison (si le temps le permet)
Levers de soleil garantis pour les matinaux
Couchers de soleil garantis (dans la vallée,
car trop dangereux en montagne)

Sérieux et prudence assurés !

(PRIX À DÉBATTRE,
MAIS RAISONNABLE)

Visiblement, la pancarte faisait bonne impression, dès le début les affaires allèrent bon train, Egger ne vit donc aucune raison de reprendre ses tâches d'homme de main. Comme avant, il se levait encore souvent dans l'obscurité, sauf que, au lieu d'aller aux champs, il montait à présent dans les montagnes pour contempler le lever du soleil. Dans la lumière du matin, les visages des touristes avaient l'air de rayonner de l'intérieur, Egger voyait qu'ils étaient heureux.

L'été, ses courses les conduisaient souvent bien au-delà des crêtes les plus proches, alors que l'hiver il se limitait la plupart du temps à des promenades plus brèves, mais à peine moins fatigantes avec les larges peaux de phoque. Toujours il marchait devant, guettant les dangers éventuels, avec, dans son dos, le souffle court des touristes. Il aimait bien ces gens, même si certains d'entre eux essayaient de lui expliquer le monde ou se comportaient quelquefois en parfaits imbéciles. Il savait qu'au bout de deux heures de montée leur arrogance s'évaporerait en même temps que la sueur sur leur front brûlant, et qu'il n'en resterait finalement que la gratitude d'avoir réussi et une grosse fatigue physique.

Parfois, il passait devant son ancien lopin. À l'endroit où s'était jadis dressée sa maison, les éboulis avaient formé au fil des ans une sorte de muret. Entre ses pierres brillait, l'été, le pavot blanc ; l'hiver, les enfants le sautaient à ski. Egger les observait dévaler la pente, décoller en poussant un cri de plaisir et planer un instant dans l'air avant d'atterrir habilement ou de rouler dans la neige comme des pelotes bigarrées. Il pensait au seuil de cette porte où ils avaient passé tant de soirées, Marie et lui, et au petit portail à claire-voie du jardin, fermé par un simple crochet qu'il avait bricolé en tordant un long clou d'acier. Après l'avalanche, le portail avait tout bonnement disparu, à l'instar de tant d'autres choses qui n'avaient jamais refait surface après la fonte des neiges. Elles s'étaient tout bonnement volatilisées, comme si elles n'avaient jamais existé. Egger sentait alors la tristesse envahir son cœur. Ils auraient eu encore tant à faire dans leur vie, probablement beaucoup plus qu'il ne pouvait se l'imaginer, se disait-il.

La plupart du temps Egger se taisait pendant les courses. « C'lui qui l'ouvre, l'a les yeux qui s'ferment », avait coutume de dire Thomas Mattl, Egger partageait cet avis. Au lieu de parler, il préférait écouter les gens, dont les bavardages essoufflés l'initiaient aux mystères de destinées et d'opinions étrangères. Manifestement, les gens venaient chercher dans les montagnes quelque chose qu'ils croyaient avoir perdu ils ne savaient quand, longtemps auparavant. Il ne comprit jamais de quoi il s'agissait exactement, mais, les années passant, il acquit la certitude qu'au fond ce n'était pas lui que les touristes suivaient de leur pas mal assuré, mais quelque insatiable nostalgie inconnue.

Un jour, lors d'une courte pause en haut des Vingt-Capucins, un jeune homme le prit aux épaules et lui cria : « Mais vous ne voyez donc pas comme c'est magnifique, tout ça ici ! » Egger regarda sa face illuminée de béatitude et dit : « Sûr, mais il va se mettre à pleuvoir, et quand le sol commencera à glisser, ce sera fini, toute cette beauté ! »

Une seule et unique fois au cours de ses activités de guide de montagne, Egger faillit perdre une des âmes qui lui étaient confiées. C'était un jour de printemps, à la fin des années soixante ; dans la nuit, l'hiver avait réapparu, Egger voulait faire avec un petit groupe le chemin panoramique qui surplombait la nouvelle télécabine à quatre places. Quand ils franchirent la passerelle au-dessus de la gorge de l'Ermite, une grosse femme glissa sur le bois mouillé et perdit l'équilibre. Egger qui marchait juste devant elle l'aperçut du coin de l'œil agiter les bras, tandis qu'une de ses jambes s'élevait en l'air comme tirée par un fil invisible. Sous la passerelle s'ouvrait un ravin d'une vingtaine de mètres. En s'élançant vers la femme, il vit son visage, visiblement terrifié, se tendre irrésistiblement vers l'arrière. Il entendit le bois craquer quand elle s'écrasa sur le dos. Au moment précis où elle allait basculer au-dessus de la poutre qui bordait la passerelle et glisser dans le précipice, il réussit à l'attraper d'une main par la cheville et, encore étonné de cette chair inhabituellement molle sous ses doigts, put la saisir par une manche de l'autre et la ramener sur la passerelle, où elle resta étendue sans bouger, comme si elle observait les nuages, sidérée.

« Ça a failli mal tourner, non ? » dit-elle. Tout en parlant, elle prit la main d'Egger, la posa sur sa joue et lui sourit. Egger acquiesça, effrayé. La peau de sa joue était humide. Sous sa paume, il sentit un tremblement à peine perceptible, et ce contact lui parut, d'une certaine manière, inconvenant. Il lui revint un événement de son enfance. Il avait peut-être onze ans alors, et le fermier l'avait tiré du lit au milieu de la nuit pour qu'il le seconde auprès d'une vache en train de vêler. Depuis des heures, la vache était en travail, elle tournait en rond, agitée, et se frottait le museau jusqu'au sang contre le mur. Enfin, elle poussa un cri sourd et se coucha sur le flanc dans la paille. À la lumière vacillante de la lampe à pétrole, le petit Egger la vit rouler des yeux, tandis que des glaires visqueuses coulaient de sa fente. Quand les pattes antérieures du veau apparurent, le fermier, qui était resté tout ce temps assis sans mot dire sur un trépied, se leva et retroussa ses manches. Mais le veau avait cessé de bouger, la vache restait tranquillement allongée. Soudain elle leva la tête et se mit à mugir. Ce fut un son qui glaça le cœur d'Egger. « C'est fichu ! » dit le fermier, et ensemble ils tirèrent le veau mort du corps de sa mère. Egger devait l'empoigner par le cou. Le pelage était souple et humide, il crut sentir pulser du sang, un bref et unique battement sous ses doigts. Il retint son souffle, mais rien ne suivit, et le fermier sortit de l'étable le corps inanimé. Dehors, l'aube se levait déjà, le petit Egger, resté à l'étable, nettoya le sol et bouchonna le pelage de la vache avec de la paille, en pensant au veau dont la vie avait duré l'espace d'un seul battement de cœur.

La grosse femme souriait. « Je crois que tout y est, dit-elle. Juste la cuisse, qui me fait un peu mal. Maintenant, nous allons pouvoir boiter en chœur tous les deux en redescendant dans la vallée.

– Non, dit Egger en se levant. On boite chacun pour soi ! »

Après la mort de Marie, Egger avait bien porté de temps à autre des randonneuses peu agiles au-dessus d'un torrent ou les avait hissées au-dessus d'une arête de rocher glissante, mais, cela mis à part, il n'avait plus touché de femme sauf par inadvertance. Il avait eu assez de mal à se réinstaller à peu près dans la vie, pas question de compromettre la tranquillité qui s'était répandue en lui au fil des ans. En fin de compte, il avait à peine compris Marie, c'est dire combien les autres femmes lui demeuraient une énigme. Il ne savait pas ce qu'elles voulaient ou ne voulaient pas, et bien des choses qu'elles disaient ou faisaient en sa présence le déroutaient, le mettaient en colère ou le figeaient dans une sorte de raideur intime dont il avait le plus grand mal à se départir. Un soir, au Chamois d'or, une serveuse qui faisait la saison avait pressé contre lui son corps massif qui sentait la cuisine, en lui susurrant à l'oreille quelques mots humides, qui le jetèrent dans une telle confusion qu'il quitta précipitamment l'auberge sans payer sa soupe et s'épuisa la moitié de la nuit à arpenter les pentes gelées pour se calmer.

De tels moments avaient le don de troubler son âme de temps à autre, mais ils se faisaient chaque année plus rares et finirent pas ne plus se présenter du tout. Il n'en fut pas fâché. Il avait eu un amour et il l'avait perdu. Il ne risquait plus de lui arriver ce genre de choses, la causeétait entendue. Cette lutte contre ce désir qui encore et toujours s'embrasait régulièrement en lui, il entendait la mener en tête à tête avec lui-même, jusqu'à la fin.

Au début des années soixante-dix advint pourtant derechef à Andreas Egger une aventure qui contrecarra

– du moins pendant quelques jours d'automne – sa résolution de passer tout seul le reste de sa vie. Il avait remarqué depuis peu que l'atmosphère de la salle de classe derrière le mur de son lit avait changé. Les cris des enfants étaient plus bruyants que d'habitude, et l'explosion en clameurs jubilatoires que déclenchait la cloche de la récréation semblait maintenant totalement désinhibée. Cette récente assurance tonitruante était visiblement due au départ à la retraite de l'instituteur, qui avait passé la majeure partie de sa vie à implanter des rudiments de lecture et de calcul dans les crânes de générations de fils de paysans rétifs à la pensée et quasi exclusivement tournés vers l'instant présent – si nécessaire à l'aide d'une verge en queue de bœuf confectionnée de ses mains. À l'issue de sa dernière heure de classe, le vieux maître d'école ouvrit la fenêtre, vida la boîte de craies dans le massif de roses et tourna le dos au village le jour même, à la grande consternation des membres du conseil municipal, d'autant qu'un successeur disposé à faire carrière entre les troupeaux de vaches et les skieurs ne se dénicherait pas de sitôt. Une solution au problème fut trouvée en la personne d'Anna Holler, une institutrice de la vallée voisine, retraitée depuis des années, qui accepta avec une secrète gratitude la proposition d'assurer provisoirement la classe. Anna Holler avait une autre conception de l'éducation que son prédécesseur, elle tablait sur l'aptitude des enfants à l'épanouissement personnel et suspendit la vieille queue de bœuf au mur extérieur de l'école, où elle se désagrégea au fil des ans en servant de tuteur au lierre grimpant.

Egger, en revanche, n'appréciait pas la pédagogie moderne. Un beau matin, il se leva et alla voir de l'autre côté.

« Excusez-moi, mais il y a trop de bruit. Un homme a quand même besoin d'un peu de calme.

– Mais, au nom du Ciel, qui êtes-vous ?

– Je m'appelle Egger et je loge à côté. Le lit doit se trouver à peu près là, juste derrière le tableau. »

L'institutrice fit un pas dans sa direction. Elle mesurait une bonne tête et demie de moins qu'Egger, mais avec les enfants dans le dos, qui le dévisageaient de leurs bancs, elle avait tout l'air menaçant et semblait peu encline au compromis. Egger aurait dû ajouter quelque chose, au lieu de quoi il scrutait le linoléum à ses pieds sans dire mot. Il se sentait bête tout à coup, planté là comme un vieux ridicule avec ses récriminations, à se faire dévisager par de petits enfants manifestement ébahis.

« On ne choisit pas ses voisins, dit l'institutrice, mais assurément : vous êtes un rustre mal dégrossi !

Faire irruption dans mon heure de classe sans frapper, pas peigné, pas rasé, et en caleçon par-dessus le marché, qu'est-ce que c'est censé être, là, ce que vous portez ?

– Un bas de pyjama, murmura Egger qui regrettait amèrement d'être venu. Un peu reprisé, c'est tout. »

Anne Holler poussa un soupir. « Vous allez sortir immédiatement de ma salle de classe, dit-elle. Et quand vous vous serez lavé, rasé et habillé correctement, vous pourrez revenir, si vous y tenez ! »

Egger ne revint pas. Il se résignerait au bruit ou se fourrerait de la mousse dans les oreilles au besoin, pour lui l'affaire était classée. Et elle en serait probablement restée là si, le dimanche suivant, trois coups énergiques n'avaient résonné à sa porte. Derrière elle se trouvait Anna Holler, un gâteau dans les mains.

« Je me suis dit que j'allais vous apporter une petite chose à manger, dit-elle. Où est la table ? »

Egger lui offrit son unique siège, un trépied de traite fait maison, et déposa le gâteau sur une vieille caisse à provisions dans laquelle, par une crainte inavouée des périodes de disette, il conservait quelques boîtes de conserve – *le savoureux petit salé de Haggemeyers* – et une paire de chaussures chaudes. « Ces gâteaux, c'est quelquefois un peu sec », dit-il, et en allant à la fontaine du village, sa cruche de terre cuite à la main, il pensait à cette femme qui était assise maintenant dans sa chambre et attendait de couper son gâteau. Elle devait avoir à peu près son âge, mais ses longues années d'enseignement l'avaient apparemment éprouvée. Son visage était constellé de petites ridules, et, sous ses cheveux bruns noués en un chignon serré, les racines scintillaient, blanches comme neige. Un bref instant, une vision étrange s'imposa à lui : elle ne l'attendait pas seulement sur son tabouret, sa seule présence semblait avoir changé, agrandi cette pièce qu'il habitait seul depuis de longues années, l'avoir en quelque sorte désagréablement ouverte à tous vents.

« C'est donc ici que vous vivez, dit l'institutrice quand il fut de retour avec sa cruche pleine.

– Oui, dit-il.

– On peut trouver son bonheur partout, finalement », dit-elle. Elle avait les yeux brun foncé et un regard amical et chaleureux, pourtant Egger trouvait désagréable qu'elle le regarde. Il baissa les yeux sur sa part de gâteau et, de l'index, en expulsa un raisin sec qu'il laissa choir discrètement sur le sol. Puis ils mangèrent, et il dut convenir que le gâteau était bon. Ce gâteau était même probablement meilleur que tout ce qu'il avait mangé ces dernières années, se dit-il, mais, ça, il préféra le garder pour lui.

Après coup, Egger n'aurait su dire comment toute cette affaire s'était ensuite goupillée. Aussi naturellement qu'elle avait frappé à sa porte, son gâteau à la main, l'institutrice Anna Holler était entrée dans sa vie et revendiquait en un temps record la place qu'elle pensait de toute évidence lui revenir de droit. Egger, qui ne savait trop à quoi s'en tenir, ne voulait cependant pas se montrer impoli, il alla donc se promener avec elle ou s'asseoir au soleil pour boire son café, qu'elle apportait toujours dans une bouteille thermos et dont elle affirmait qu'il était plus noir que l'âme du diable. Anna Holler avait toujours ce genre de comparaison à la bouche, d'ailleurs elle causait pratiquement sans interruption, lui parlant de la classe, des enfants, de sa vie, de cet homme qui était depuis belle lurette là où il méritait d'être et à qui elle n'aurait jamais au grand jamais dû se fier. Parfois, elle disait des choses qu'Egger ne comprenait pas. Elle employait des mots qu'il n'avait encore jamais entendus et dont il supposait en secret qu'elle les inventait carrément quand les mots appropriés venaient à lui manquer. Il la laissait parler. Il écoutait, opinait du chef de temps à autre, lâchait parfois un oui ou un non et buvait ce café qui précipitait les battements de son cœur comme s'il escaladait la paroi nord du Grand-Chambellan.

Un jour, elle le persuada de monter au cirque du Grand-Glacier avec la Lisette bleue. De là-haut, on avait une vue panoramique sur tout le village, disait-elle, l'école avait l'air d'une boîte d'allumettes perdue dans la nature, et, en plissant les yeux, on apercevait les enfants, près de la fontaine, autant de petits points multicolores.

Quand la benne s'ébranla dans une légère secousse, Egger se posta à l'une des fenêtres. Il sentit dans son dos l'institutrice se coller à lui et regarder par-dessus son épaule. Il pensa qu'il n'avait pas lavé sa veste depuis des années. Heureusement qu'il avait mis son pantalon à tremper dans l'eau claire de la source une demi-heure la semaine dernière et l'avait fait sécher ensuite au soleil sur un rocher.

« Vous voyez le pylône là-bas, en bas ? demanda-t-il. Quand nous avons coulé le béton de son socle, il y a un gars qui est tombé dedans. Il avait pris une cuite la veille, et à midi il a fait la culbute. Bêtement, comme ça, la face en plein dans le béton. Il est resté couché là-dedans, sans bouger. Comme un poisson crevé dans un étang. On a mis un bout de temps à le sortir de là, le béton n'était plus si liquide. Mais il en a réchappé. Il est juste resté aveugle d'un œil. À cause du béton ou du schnaps, allez savoir. »

Arrivés au sommet, ils s'attardèrent un moment sur la plate-forme à regarder en bas dans la vallée. Egger avait l'impression qu'il devait faire la conversation et lui désigna différentes choses du village : les restes d'une étable qui avait brûlé, un centre de vacances construit hâtivement sur une ravière, l'énorme citerne, envahie par la rouille et le genêt pourpre, que les chasseurs alpins avaient laissée derrière la chapelle après la guerre et où les enfants jouaient maintenant à cache-cache. Anna Holler éclatait de rire chaque fois qu'elle découvrait quelque chose de nouveau. Parfois, son rire était complètement avalé par le vent, et elle avait l'air de jubiler toute seule en silence.

Quand ils revinrent à la station inférieure en début de soirée, ils restèrent un petit moment côte à côte à observer la benne repartir vers le sommet. Egger ne savait trop quoi dire ni même s'il était censé dire quelque chose, il préférait donc tenir sa langue. De la salle des machines au sous-sol du bâtiment leur parvenait le ronronnement assourdi des moteurs. Il sentait le regard de l'institutrice rivé sur lui. « Je voudrais que vous me rameniez à la maison, maintenant », dit-elle et elle se mit en route.

Elle logeait dans une petite chambre juste derrière la mairie, que la commune avait mise à sa disposition pour la période du remplacement. Sur une assiette, il y avait des tartines de saindoux avec des oignons qu'elle avait préparées et dehors, sur le rebord de la fenêtre, elle avait mis deux bouteilles de bière au frais. Egger mangea les tartines et but la bière, tout en s'efforçant de ne pas regarder l'institutrice. « Vous êtes un homme, n'est-ce pas ? dit-elle. Un homme, un vrai, avec un appétit d'homme, n'est-ce pas ?

– Possible », dit-il en haussant les épaules.

Dehors, la nuit tombait peu à peu, Anna Holler se leva et fit quelques pas dans la pièce. Devant un petit buffet, elle s'arrêta. Egger la vit de dos baisser la tête comme si elle cherchait quelque chose par terre. Ses doigts jouaient avec l'ourlet de sa jupe. À ses talons collaient encore de la terre et de la poussière. Le silence dans la pièce était terriblement pesant. Comme si tout le silence qui s'était retiré depuis longtemps de toutes les vallées s'était concentré à ce moment précis dans cette petite chambre. Egger s'éclaircit la gorge. Il posa sa bouteille et observa une goutte couler lentement sur le verre et s'étaler finalement sur la nappe en formant une tache ronde et sombre. Devant le buffet était postée Anna Holler, immobile, les yeux baissés. Elle leva d'abord la tête, puis les mains.

« Les êtres sont souvent seuls en ce monde », dit-elle.

Puis elle se retourna. Elle alluma deux bougies qu'elle plaça sur la table. Ferma les rideaux. Poussa le verrou de la porte.

« Viens maintenant », dit-elle.

Egger continuait à fixer la tache sombre sur la nappe. « Je n'ai été qu'avec une femme, dit-il.

– Ce n'est pas grave, dit l'institutrice. Ça ne me gêne pas. »

Un moment plus tard, Egger regardait cette vieille femme assoupie à côté de lui. Quand ils avaient été au lit, elle lui avait posé une main sur la poitrine, sous cette main le cœur d'Egger battait si fort que toute la pièce lui paraissait bouger. Ça n'avait pas marché. Il n'avait pas réussi à se faire violence. Pétrifié, cloué sur place, il était resté couché là et avait senti la main sur sa poitrine s'alourdir, descendre finalement entre ses côtes et s'arrêter juste sur son cœur. Il observait son corps. Elle était étendue sur le côté. Sa tête avait glissé de l'oreiller et ses cheveux s'étalaient en quelques maigres mèches sur le drap. Son visage était à demi détourné. Il avait l'air hâve et décharné. Les nombreuses rides semblaient accrocher la lumière nocturne qui perçait à travers une mince fente du rideau. Egger s'endormit, quand il se réveilla, l'institutrice était couchée en chien de fusil sur le côté, et il entendit ses gémissements étouffés par l'oreiller. Il resta un peu étendu, indécis, à côté d'elle, puis il comprit qu'avec la meilleure volonté du monde, à présent, il n'y avait plus rien à faire. Il se leva sans bruit et partit.

L'année n'était pas écoulée qu'arrivait au village un nouvel instituteur, un jeune homme au visage enfantin et aux cheveux mi-longs noués en une petite tresse, qui passait ses soirées à tricoter des pull-overs et à sculpter de petits crucifix biscornus dans des racines. Le calme et la discipline des jours anciens ne revinrent jamais dans l'école. Egger s'habitua au bruit derrière le mur de sa chambre à coucher. Il ne revit l'institutrice Anna Holler qu'une seule fois. Elle traversait la place du village avec un panier à provisions. Elle marchait lentement, à petits pas guindés, la tête basse, et semblait profondément absorbée dans ses pensées. Quand elle aperçut Egger, elle leva la main et lui fit signe avec les doigts comme on fait signe aux petits enfants. Egger baissa vite les yeux. Après coup, il eut honte de cet instant de lâcheté. Anna Holler quitta le village sans tambour ni trompette, aussi discrètement qu'elle y était arrivée. Avant même le lever du soleil lors d'une froide matinée, elle monta dans le bus avec ses deux valises, alla s'asseoir dans la dernière rangée et ferma les yeux pour ne plus les rouvrir une seule fois de tout le trajet, ainsi que le chauffeur le rapporta ensuite.

Cet automne-là, il avait commencé tôt à neiger. Quelques semaines après le départ d'Anna Holler, les skieurs formaient déjà de longues files en bas des stations et, jusque tard dans la soirée, on entendait partout au village cliqueter le métal des fixations et craquer les chaussures de ski. Par un jour de beau temps clair et froid, peu avant Noël, Egger rentrait chez lui après une virée dans la neige avec quelques clients d'un certain âge, quand il vit déboucher de l'autre côté de la rue un groupe de touristes surexcités, suivi d'une poignée d'autochtones, du gendarme du village et d'une bande d'enfants glapissant à l'envi. Deux jeunes hommes en tenue de ski avaient improvisé avec leurs planches une manière de brancard, sur lequel reposait quelque chose qu'ils semblaient devoir transporter avec d'extrêmes précautions. Les hommes traitaient ce quelque chose avec un respect singulier, qui rappela à Egger ce zèle empressé des enfants de chœur glissant autour de l'autel lors des messes dominicales. Il traversa la rue pour voir exactement ce qui se passait, et ce qu'il vit lui coupa le souffle. Sur le brancard provisoire gisait Jean des Cornes.

Un bref instant, Egger crut qu'il avait perdu l'esprit, mais il n'y avait pas de doute : devant lui gisait le chevrier, ou plutôt ce qu'il en restait. Son corps était de bois, raidi par le gel. Autant qu'on pouvait voir, il lui manquait une jambe, et l'autre s'élevait au-dessus du brancard, bizarrement contorsionnée. Ses bras étaient étroitement croisés sur sa poitrine, aux mains pendaient des lambeaux de chair desséchée, et les os de ses doigts presque entièrement dénudés étaient recourbés comme des griffes d'oiseau. La tête était renversée sur la nuque comme si quelqu'un l'avait forcée à fléchir en arrière. La glace lui avait arraché la moitié du visage. Sa denture découvrant des gencives bleu-noir donnait l'impression qu'il souriait. Les deux paupières manquaient, mais les yeux étaient absolument intacts et semblaient fixer le ciel, largement ouverts.

Egger se détourna, fit quelques pas, s'arrêta de nouveau. Il se sentait mal, ses oreilles bourdonnaient sourdement. Il aurait voulu dire quelque chose aux hommes – mais quoi ? Les pensées s'agitaient dans son esprit. Il ne pouvait en fixer une, et, quand il se retourna, ils l'avaient dépassé depuis longtemps. Loin derrière lui sur la route, ils se dirigeaient vers la chapelle avec leur fardeau glacé. D'un côté du brancard marchait le gendarme. De l'autre se dressait dans l'air, pareille à un cep de vigne, la jambe du chevrier.

Quelques skieurs en mal d'aventure avaient découvert Jean des Cornes en amont des pistes balisées, dans une crevasse du glacier des Lointains. Ils avaient mis des heures à le dégager au piolet des neiges éternelles. L'exiguïté de la crevasse avait tenu à distance les oiseaux et les autres animaux, et la glace conservé son corps au cours des décennies. Seule la jambe manquait. Les hommes se perdaient en conjectures : peut-être avait-elle été happée par une bête avant même qu'il eût glissé dans la crevasse ; peut-être un rocher la lui avait-il sectionnée ; peut-être s'en était-il amputé lui-même dans un geste de désespoir, pour se dégager. L'énigme ne fut pas résolue, la jambe avait bel et bien disparu et le moignon ne livrait pas d'indice. C'était un moignon tout bête, recouvert d'une fine couche de glace, légèrement effrangé sur les bords et bleu-noir en son milieu, comme les gencives du chevrier.

Le mort fut transporté à la chapelle, afin que tous ceux qui le désiraient puissent prendre congé de lui. Mais à part quelques touristes qui voulaient voir de leurs yeux le mystérieux cadavre gelé, exposé à la lueur des bougies, et si possible le photographier sous toutes les coutures, il ne vint personne. Personne ne connaissait Jean des Cornes, personne ne se souvenait de lui, et, comme le bulletin météorologique annonçait une hausse des températures, on l'enterra dès le lendemain.

Cette rencontre inattendue avait secoué Egger. Presque une vie entière séparait la disparition de Jean des Cornes de sa subite réapparition. En imagination, il voyait la silhouette translucide s'éloigner à grands bonds et disparaître dans le silence blanc de la tourmente de neige. Comment avait-il réussi à atteindre ce glacier à des kilomètres de là ? Qu'avait-il été chercher là-bas ? Et qu'avait-il bien pu lui arriver au bout du compte ? Egger avait la chair de poule en pensant à la jambe qui était sans doute restée fourrée quelque part dans le glacier. Allait-elle être retrouvée, elle aussi, dans quelques années, et transportée dans la vallée, tel un trophée insolite, sur les épaules de quelques skieurs surexcités ? Jean des Cornes s'en fichait sans doute pas mal. Il était en terre et non plus dans la glace, de toute manière il avait la paix. Egger repensa aux innombrables morts de ses années en Russie. Les faciès grimaçants des cadavres dans la glace russe étaient la chose la plus horrible qu'il ait vue de sa vie. A contrario, Jean des Cornes faisait un effet étrangement heureux. À sa dernière heure, il avait dû rire à la face du ciel et jeter sa jambe en gage à la figure du diable, se dit Egger. Cette idée lui plut, elle avait quelque chose de consolant.

Mais il y avait une autre pensée qui le préoccupait : le chevrier gelé l'avait regardé comme par une fenêtre ménagée dans le temps. L'expression de son visage tourné vers le ciel avait quelque chose de positivement juvénile. Quand Egger l'avait trouvé agonisant jadis dans sa cabane et l'avait descendu dans la vallée avec la hotte de bois, il pouvait avoir dans les quarante ou cinquante ans. Egger, lui, avait largement dépassé les soixante-dix ans entre-temps et ne se sentait pas plus jeune d'un iota. La vie et le travail en montagne l'avaient marqué. Il était tordu et bancal de partout. Son dos semblait se courber irrésistiblement en direction du sol, et, de plus en plus souvent, il avait l'impression que sa colonne vertébrale allait finir par dépasser de sa tête. Il tenait certes encore bien sur ses jambes en montagne, et la violence des vents d'automne ne parvenait pas à le déstabiliser. Mais il tenait comme ces arbres qui sont déjà tout secs à l'intérieur.

*

Dans les dernières années de sa vie, Egger n'accepta plus aucune demande d'excursion – elles se faisaient du reste toujours plus rares. Il trouvait qu'il avait assez trimé comme ça. D'ailleurs, il supportait de moins en moins bien le caquetage des touristes et leur humeur aussi changeante que le temps en montagne. Après avoir failli gifler un jour un jeune citadin, qui dans l'euphorie du moment s'était mis à tournoyer tant et si bien sur un rocher les yeux fermés qu'il finit par s'écrouler dans le champ d'éboulis en contrebas, et qu'il fallut le porter dans la vallée sanglotant comme un gamin avec l'aide du groupe, Egger mit un terme à sa carrière de guide de montagne et se retrancha dans la sphère privée.

La population du village avait triplé depuis la guerre et le nombre de lits presque décuplé, ce qui amena la commune à entreprendre, outre la construction d'un centre de vacances avec piscine couverte et jardin thermal, l'agrandissement du bâtiment scolaire qui s'imposait depuis longtemps. Avant l'arrivée des ouvriers, Egger déménagea. Il emballa ses quelques affaires et alla s'installer dans une étable abandonnée depuis des décennies, située à quelques centaines de mètres au-dessus de la sortie du village. L'étable était creusée à même le flanc de la montagne à la manière d'un terrier, grâce à quoi les températures étaient moins soumises aux variations saisonnières. La façade était constituée d'un empilement de pierres effritées par les ans, ramassées dans les champs, dont Egger boucha les interstices avec une couche de mousse puis de ciment. Il colmata les fissures de la porte, passa le bois au goudron de pin et racla la rouille des charnières.

Ensuite, il cassa deux pierres dans le mur et les remplaça par une fenêtre et un tuyau pour un poêle noir de suie qu'il avait déniché sur un tas de ferraille derrière la station inférieure du télésiège du Petit-Capucin. Il se sentait bien dans son nouveau logis. Parfois, on était un peu seul là-haut, mais il ne considérait pas sa solitude comme une tare. Il n'avait personne, mais il avait tout ce qu'il lui fallait, c'était assez. De la fenêtre, la vue était étendue, le poêle était chaud, et, au bout d'un hiver de chauffage, l'odeur tenace de bouc et d'autres bestioles se serait définitivement dissipée. C'était surtout le calme qu'Egger appréciait. De ce bruit qui avait maintenant envahi toute la vallée et montait par vagues sur les pentes les week-ends, ne pénétrait jusqu'à lui qu'un vague murmure. Certaines nuits d'été, lorsque les nuages bas et lourds s'accrochaient aux flancs des montagnes et que l'air était à la pluie, il écoutait allongé sur son matelas les bruits des animaux qui se vautraient dans la terre au-dessus de sa tête et, les soirs d'hiver, il entendait au loin le grondement sourd des dameuses qui préparaient les pistes du lendemain. Il repensait souvent à Marie. À ce qui avait été et à ce qui aurait pu être. Mais c'étaient de brèves et furtives pensées qui passaient aussi vite que les volutes des nuées d'orage devant sa fenêtre.

Comme il n'avait personne d'autre à qui causer, il se parlait à lui-même ou aux choses qui l'entouraient. Il disait : « Tu ne vaux rien. Tu ne coupes pas. Je vais t'aiguiser sur la pierre. Et puis je descendrai au village acheter du papier d'émeri bien fin et j'achèverai de t'affûter. Et j'enroulerai du cuir autour de ton manche. Tu seras bien à ma main. Et tu seras beau, même si ce n'est pas le problème, tu comprends ? »

Ou il disait : « On broie du noir par ce temps. Rien que du brouillard. Ça vous fait le regard tout fuyant, il ne sait plus à quoi s'accrocher. Si ça continue, le brouillard va s'infiltrer jusque dans la pièce et il va bruiner au-dessus de la table. »

Ou encore : « C'est bientôt le printemps. Les oiseaux l'ont déjà vu. On a des fourmis dans les os. Tout au fond sous la neige, les bulbes éclatent déjà. »

Quelquefois, Egger ne pouvait s'empêcher de rire de lui-même et de ses propres divagations. Assis seul à sa table, il regardait par la fenêtre, voyait les ombres des nuages filer sans bruit au-dessus des montagnes et il riait à en avoir les larmes aux yeux.

Une fois par semaine, il descendait au village s'approvisionner en allumettes et en peinture, ou en pain, en oignons et en beurre. Il s'était aperçu depuis longtemps que les gens jasaient sur son compte.

Quand il repartait avec ses emplettes sur le traîneau qu'il avait confectionné lui-même et qu'il équipait de petites roues de caoutchouc au printemps, il les voyait du coin de l'œil commencer leurs messes basses et chuchoter dans son dos. Il se retournait alors et leur lançait le regard le plus noir dont il fût capable. Mais, à vrai dire, l'opinion et la réprobation des villageois lui étaient passablement égales. Pour eux, il était un vieillard qui habitait un trou dans la terre, parlait tout seul et allait se planter le matin au bord d'un torrent glacial pour se laver. Mais lui se disait qu'il y était arrivé tant bien que mal et qu'il avait toutes les raisons d'être content. L'argent qui lui restait de sa période de guide de montagne lui permettrait de vivre encore correctement un bon bout de temps, il avait un toit sur la tête, il dormait dans son lit et, quand il s'asseyait sur son petit tabouret devant sa porte, il pouvait promener son regard sur un paysage si vaste que ses yeux finissaient par se fermer, et son menton par s'affaisser sur sa poitrine. Comme tous les êtres humains, il avait, lui aussi, nourri en son for intérieur, pendant sa vie, des idées et des rêves. Il en avait assouvi certains, d'autres lui avaient été offerts. Beaucoup de choses étaient restées inaccessibles ou lui avaient été arrachées à peine obtenues. Mais il était toujours là. Et dans les jours qui suivaient la première fonte des neiges, quand il traversait le matin le pré humide de rosée devant sa cabane et s'étendait sur une des dalles rocheuses qui le parsemaient, avec dans son dos la fraîcheur de la pierre et sur le visage les premiers chauds rayons de soleil, il avait l'impression qu'il ne s'en était tout de même pas si mal tiré.

C'est à cette période, celle d'après la fonte des neiges, à l'heure où la terre fume très tôt à l'aube et où les bêtes se faufilent hors de leurs terriers et de leurs grottes, qu'Andreas Egger rencontra la Femme froide. Il s'était tourné et retourné pendant des heures sans dormir sur son matelas, puis il était resté tranquillement étendu, les bras croisés sur la poitrine, à écouter les bruits de la nuit. Le vent qui rôdait sans répit autour de la cabane et donnait des coups sourds à la fenêtre. Tout à coup, ce fut le silence. Egger alluma une bougie et en fixa au plafond les ombres vacillantes. Il éteignit de nouveau la bougie. Il resta étendu un moment, immobile. Puis il finit par se lever et par sortir. Le monde était plongé dans un brouillard impénétrable. Il faisait encore nuit, mais, quelque part derrière ce silence moelleux, l'aube poignait déjà, l'air scintillait d'un éclat laiteux dans l'obscurité. Egger fit quelques pas sur la pente. Il distinguait à peine les contours de sa main et, quand il tendait le bras, l'aurait crue immergée dans des profondeurs insondables. Il continua à monter prudemment, pas à pas, et gravit une centaine de mètres. Au loin, il entendit un son pareil au sifflement étiré d'une marmotte. Il s'arrêta et leva les yeux. Dans un trou du brouillard, la lune brillait, blanche et nue. Soudain, il sentit un souffle d'air sur le visage. L'instant d'après, le vent était de retour. Il arrivait par vagues successives, effilochant le brouillard, qu'il déchirait en lambeaux. Egger entendait le vent mugir quand il s'engouffrait entre les rochers situés un peu plus haut, et l'herbe murmurer à ses pieds. Il continua à travers des stries de brume qui s'écartaient devant lui tels des êtres vivants. Il vit le ciel s'ouvrir. Il vit les roches plates sur lesquelles s'étalaient les restes de neige, comme si on y avait déployé des nappes blanches. Alors, il vit la Femme froide à une trentaine de mètres au-dessus de lui, qui traversait la pente. Sa silhouette était totalement blanche, si bien qu'au premier instant il la prit pour une traînée de brume. Mais, tout de suite après, il distingua nettement ses bras diaphanes. Le châle arachnéen qui recouvrait ses épaules. Et sa chevelure, comme une ombre sur le blanc de son corps. Un frisson lui parcourut l'échine. Maintenant, tout à coup, il sentait le froid. Mais ce n'était pas l'air qui était si froid. Le froid venait du tréfonds de son être. C'était l'effroi, qui était tapi au fond de son cœur. La silhouette se dirigeait vers une étroite formation rocheuse, elle avançait rapidement, mais Egger ne voyait aucun pas. Comme si, par quelque mystérieux mécanisme, elle était attirée par les rochers. Il n'osait pas bouger. L'effroi emplissait son cœur, mais bizarrement, en même temps, il avait peur d'effaroucher la silhouette par un bruit ou un geste inconsidéré. Il vit le vent se prendre dans ses cheveux et les soulever un instant sur sa nuque. Et là, il sut : « Retourne-toi, dit-il, je t'en prie, retourne-toi, regarde-moi ! » Mais la silhouette s'éloigna de nouveau, et Egger ne vit plus que sa nuque, sur laquelle chatoyait le croissant rougeoyant de sa cicatrice. « Où étais-tu donc tout ce temps ? cria-t-il. Il y a tellement de choses à raconter. Tu aurais du mal à le croire, Marie ! Cette longue vie, une vie entière ! » Elle ne se retourna pas. Elle ne répondit pas. On n'entendait que le bruit du vent, qui tantôt rugissait, tantôt chuchotait en effleurant le sol, emportant avec lui la dernière neige de l'année.

Egger était seul sur la montagne. Longtemps, il resta debout sans bouger, tandis qu'autour de lui, lentement, les ombres de la nuit se retiraient. Quand il remua enfin, le soleil émergeait en clignant au loin, derrière les chaînes de montagnes, et nappait les sommets d'une lumière si douce et si belle que, n'eût-il été si las, si dérouté, il aurait pu rire d'un bonheur sans mélange.

Les semaines suivantes, Egger parcourut à maintes reprises la pente rocheuse au-dessus de son logis, mais la Femme froide ou Marie, ou Dieu sait qui pouvait être cette apparition, ne se montra plus jamais à lui, peu à peu son image s'estompa, puis elle finit par se dissiper complètement. D'ailleurs, Egger oubliait maintenant les choses. Il lui arrivait, au lever, de passer plus d'une heure à chercher ses chaussures qu'il avait accrochées au tuyau du poêle la veille au soir pour les faire sécher. Ou bien, en réfléchissant à ce qu'il avait bien pu vouloir se faire à manger, il sombrait dans une sorte de rumination mêlée de rêverie qui l'épuisait tant qu'il s'endormait souvent assis à table, la tête entre les mains, sans avoir avalé une bouchée. Quelquefois, avant d'aller se coucher, il mettait son tabouret près de la fenêtre et regardait dehors, espérant que certains souvenirs referaient surface sur le fond nocturne et mettraient au moins un peu d'ordre dans son esprit confus. Mais, de plus en plus souvent, la chronologie des événements lui échappait, les choses se catapultaient, et, dès qu'une image semblait se composer en son for intérieur, elle se dérobait aussitôt ou partait en fumée comme de l'huile sur l'acier brûlant.

Depuis que, lors d'un matin d'hiver glacial, quelques skieurs l'avaient vu sortir nu comme un ver devant sa cabane et patauger sans chaussures dans la neige pour tenter de retrouver une bouteille de bière, qu'il avait mise au frais dehors la veille, certains villageois tenaient le vieux Egger pour fou à lier. Cela ne le dérangeait pas. Il savait qu'il était de plus en plus confus, mais il n'était pas fou. Au reste, à cette époque, il ne faisait plus grand cas de l'opinion d'autrui, et la bouteille ayant réapparu après de brèves recherches, et ce, tout à côté de la gouttière – elle avait éclaté à cause du gel nocturne et il put lécher la bière comme une crème glacée –, il s'était senti, ce jour-là au moins, conforté avec une muette satisfaction dans ses pensées et dans ses actes.

D'après son extrait de naissance, qui, selon lui, ne valait même pas l'encre de son tampon, Egger atteignit l'âge de soixante-dix-neuf ans. Il avait tenu plus longtemps qu'il l'eût jamais cru possible et, somme toute, s'estimait satisfait. Il avait survécu à son enfance, à une avalanche et à la guerre. Il n'avait jamais rechigné à la tâche, avait percé un nombre incalculable de trous dans le rocher et abattu probablement assez d'arbres pour entretenir un hiver entier le feu des poêles de toute une bourgade. Il avait suspendu sa vie à un fil entre ciel et terre plus souvent qu'à son tour et, en ses dernières années de guide de montagne, il en avait plus appris sur les gens qu'il ne pouvait comprendre. Autant qu'il sût, il n'avait pas commis de forfaits notables et n'avait jamais succombé aux tentations de ce monde : les saouleries, les coucheries et la goinfrerie. Il avait bâti une maison, dormi dans d'innombrables lits, dans des étables, sur des plates-formes et même, quelques nuits, dans une caisse en bois russe. Il avait aimé. Et il avait pressenti où l'amour pouvait mener. Il avait vu une poignée d'hommes se promener sur la Lune. Il ne s'était jamais trouvé dans l'embarras de croire en Dieu, et la mort ne lui faisait pas peur. Il ne pouvait pas se rappeler d'où il venait, et en fin de compte ne savait pas où il irait. Mais, à cet entre-temps qu'était sa vie, il repensait sans regret, avec un petit rire saccadé et un immense étonnement.

Andreas Egger mourut pendant une nuit de février, non quelque part dehors comme il se l'était souvent imaginé, le soleil dans la nuque ou le ciel étoilé au-dessus de la tête, mais bien chez lui à la maison, à sa table. Il n'avait plus de bougies et était assis à la lueur d'une lune qui, telle une ampoule ternie par la poussière et les toiles d'araignée, brillait faiblement dans le petit carré de la fenêtre. Il pensait aux choses qu'il avait prévu de faire les jours suivants : acheter des bougies, colmater la fissure à courants d'air dans le montant de la fenêtre, creuser devant la cabane une tranchée à hauteur du genou d'au moins trente centimètres de large, pour détourner les eaux de la fonte des neiges. Le temps serait favorable, il en était à peu près certain. Quand sa jambe restait tranquille le soir, en général le temps faisait de même le lendemain. Il eut une soudaine pensée amicale pour sa jambe, ce vieux bâton vermoulu qui l'avait porté si longtemps de par le monde. Dans le même temps, il se demandait s'il était encore en train de penser ou s'il rêvait déjà. Il entendit un bruit, tout près de son oreille. Un doux murmure comme si quelqu'un parlait à un petit enfant. « Mais il est tard, déjà », s'entendit-il dire, et ce fut comme si ses propres paroles planaient quelques instants devant lui dans l'air, avant d'éclater à la lueur de la petite lune de la fenêtre. Il éprouva une douleur aiguë à la poitrine, regarda son buste s'incliner lentement en avant et sentit sa joue se coucher sur la table. Il entendait son cœur. Il écouta le silence quand il cessa de battre. Patiemment, il attendit le battement suivant. Et quand il n'en vint plus, il lâcha prise et mourut.

Trois jours après, le facteur qui frappait à la fenêtre pour lui porter le bulletin de la commune le découvrit. Grâce aux températures hivernales, le cadavre d'Egger s'était bien conservé, on aurait dit qu'il s'était assoupi pendant le petit déjeuner. L'enterrement eut lieu le lendemain. La cérémonie fut brève. Le curé de la paroisse grelottait dans le froid pendant que les croque-morts faisaient descendre le cercueil dans le trou qu'ils avaient creusé dans le sol gelé avec une petite pelleteuse. Andreas Egger repose à côté de sa femme Marie. Sur sa tombe se dresse une pierre calcaire grossièrement taillée, zébrée de fissures, sur laquelle pousse, l'été, le violet pâle de la linaire.

Pas tout à fait six mois avant sa mort, Egger s'était éveillé un matin en proie à une fébrilité qui l'avait sorti du lit au premier battement de cils et propulsé dehors. C'était début septembre, et là où les rayons de soleil perçaient la nappe de nuages, il voyait briller par intermittence les voitures de ceux qui travaillaient à l'extérieur, faute d'avoir, pour quelque raison, trouvé un emploi dans le tourisme, et s'insinuaient chaque matin dans la file pour être à l'heure à leur travail au-delà de la vallée. Egger se plut à regarder cette chaîne bariolée qui serpentait sur ce petit tronçon, avant de s'estomper et de disparaître dans la clarté brumeuse. Et, dans le même temps, ce spectacle l'attristait. Il pensa que, à l'exception des déplacements pour se rendre aux installations environnantes des téléphériques et télésièges de l'entreprise Bittermann & Fils, il n'avait quitté la région qu'une seule et unique fois : pour partir à la guerre. Il se revit jadis sur cette même route, qui n'était alors qu'un chemin de terre creusé de profonds sillons, assis sur le siège de cocher d'une voiture à cheval, débarquant dans la vallée pour la première fois. Et à ce moment il fut envahi d'un désir si aigu, si brûlant, qu'il crut que son cœur allait défaillir sur-le-champ. Sans se retourner une seule fois, il partit en courant. Aussi vite qu'il put, claudiquant, trébuchant, il fila au village, où, à l'arrêt jouxtant le bâtiment monté en graine de l'hôtel de la Poste, le bus jaune de la ligne 5 dite des Sept-Vallées faisait tourner son moteur, prêt à partir. « C'est pour aller où ? » demanda le chauffeur sans lever les yeux. Egger connaissait l'homme, il avait travaillé quelques années dans l'atelier de skis de l'ancien forgeron à monter les fixations, avant que l'arthrose ne lui déforme les articulations et qu'on le recase dans l'entreprise de bus. Dans ses mains, le volant faisait l'effet d'un mince cerceau d'enfant.

« Jusqu'au terminus ! dit Egger. Puisqu'on peut pas aller plus loin. » Il acheta un billet et s'assit à une place libre dans les rangées du fond, parmi les gens du village fatigués, qu'il connaissait en partie de vue, ceux qui n'avaient pas les moyens de se payer une voiture ou qui étaient déjà trop vieux pour comprendre encore la technique et la vitesse. Son cœur battait follement quand les portes se fermèrent et que le bus se mit en route. Il s'enfonça profondément dans son siège et ferma les yeux. Il resta un moment ainsi, et, quand il se redressa et les rouvrit, le village avait disparu, il voyait les choses défiler au bord de la route : de petites pensions comme estampillées sur les champs. Des restaurants. Des enseignes de stations-service. Des panneaux publicitaires. Une auberge où les draps pendaient à chaque fenêtre ouverte. Une femme appuyée à une haie, une main sur la hanche, les traits flous, brouillés par la fumée d'une cigarette. Egger tenta de réfléchir, mais ce flot d'images le fatiguait. Un peu avant de s'assoupir, il tenta de ressusciter le désir qui l'avait poussé hors de la vallée. Mais il n'y avait plus rien. Il eut furtivement l'impression de ressentir encore une légère brûlure dans la région du cœur, mais c'était juste une idée ; quand il se réveilla, il ne put se rappeler ce qu'il voulait faire et pourquoi diable il était assis dans ce bus.

Arrivé au terminus, il descendit. Il fit quelques pas sur une surface bétonnée, envahie de mauvaises herbes, puis il s'arrêta. Il ne savait pas quelle direction il devait prendre. La place où il se trouvait, les bancs, la bâtisse plate de la station de bus, les maisons derrière, ne lui disaient rien. Il fit encore un pas hésitant et s'arrêta de nouveau. Il frissonnait. Lors de son départ précipité, il avait oublié de passer une veste. Il n'avait pas pensé à mettre un chapeau et il n'avait pas fermé la cabane. Il était parti comme ça en courant et le regrettait à présent. Au loin, un bruit confus de voix se fit entendre, un enfant qui appelait, une portière de voiture qui claquait, et enfin un bruit de moteur qui enfla puis décrut rapidement. Egger tremblait maintenant si fort qu'il aurait bien aimé s'agripper quelque part. Il fixait le sol sans oser bouger. Il se vit là, debout, vieil homme inutile et perdu, au milieu d'une place déserte, et il eut honte comme jamais encore de sa vie. À ce moment, il sentit une main sur son épaule et, quand il se retourna lentement, le chauffeur du bus était devant lui.

« Où est-ce que vous voulez aller exactement ? » demanda l'homme. Le vieil Egger, planté là, chercha désespérément la réponse.

« Je ne sais pas, dit-il, et il secoua lentement la tête à plusieurs reprises. Je ne sais vraiment pas. »

Pendant le trajet du retour, Egger était assis à la même place que celle qu'il avait choisie en partant de la vallée. Le chauffeur l'avait aidé à monter dans le bus et, sans lui réclamer le prix du billet ni faire de commentaire, l'avait accompagné jusqu'au fond. Bien qu'Egger, cette fois, ne s'endormît pas, le trajet lui sembla plus court. Il se sentait mieux, son cœur reprenait son calme et, quand le bus s'immergea dans l'ombre bleue des montagnes, son tremblement aussi avait disparu. Il regardait par la vitre, ne sachant trop que penser ni ressentir. Il y avait si longtemps qu'il n'était pas parti, il avait oublié ce que ça faisait de rentrer à la maison.

À l'arrêt du village, il prit congé du chauffeur en lui adressant un signe de tête. À vrai dire, il voulait rentrer chez lui le plus vite possible, mais, quand il eut dépassé les dernières maisons et qu'il se retrouva devant la montée en escalier qui menait à sa cabane, il céda à une envie soudaine et prit sur sa gauche un sentier de montagne peu fréquenté, qui faisait le tour d'un étang vert mousse anonyme, puis montait en serpentant jusqu'au pic du Clocher. Il suivit un moment le chemin bordé d'une rangée de clôtures en fil de fer que la commune avait fait installer pour protéger le village des avalanches, puis il monta par un étroit défilé sécurisé au moyen de barres de fer solidement ancrées dans le rocher et, enfin, traversa les prairies qui s'étendaient dans l'ombre d'une combe. L'herbe humide brillait, la terre exhalait une odeur de pourriture. Egger marchait vite, il allait sans mal, sa fatigue était oubliée et il sentait à peine le froid. C'était comme si, à chaque pas, il se délestait un peu de la solitude et du désespoir qui l'avaient étreint en bas, sur cette place étrangère. Il entendait son sang bruire dans ses oreilles et sentait une brise fraîche lui sécher la sueur du front. Quand il eut atteint le fond de la combe, il vit dans l'air un mouvement presque imperceptible. Une petite chose blanche qui dansait, juste devant ses yeux. Puis une autre, aussitôt après. L'instant suivant, l'air était empli d'une foule de minuscules lambeaux nuageux en suspension qui descendaient lentement vers le sol. Egger pensa d'abord que c'étaient des fleurs portées par le vent, venues d'on ne sait où, mais on était fin septembre, plus rien ne fleurissait à cette période, encore moins à cette altitude. Alors il réalisa qu'il neigeait. Toujours plus drue, la neige tombait du ciel et se posait sur les rochers et sur les prés verdoyants. Egger continua d'avancer. Il faisait attention à ses pas pour ne pas glisser et, tous les quelques mètres, essuyait les flocons de ses cils et de ses sourcils du dos de la main. À ce geste, un souvenir lui revint, la pensée fugace d'une chose qui remontait à très longtemps, rien de plus qu'une image très floue. « Il n'est pas encore temps », dit-il tout bas, et l'hiver se coucha sur la vallée.

ACHEVÉ D'IMPRIMER
EN JUILLET 2015
SUR LES PRESSES
DE
L'IMPRIMERIE F. PAILLART
À ABBEVILLE
POUR LE COMPTE
DE SABINE WESPIESER ÉDITEUR

IMPRIMÉ EN FRANCE

NUMÉRO D'ÉDITEUR : 142
ISBN : 978-2-84805-194-9
DÉPÔT LÉGAL : OCTOBRE 2015